너의 `여;`

_____ 에게 _____ 가(이) 드립니다.

1825일의 기록

1판 1쇄 발행 2012년 11월 9일
1판 2쇄 발행 2012년 12월 11일

지은이 이동근
펴낸이 김영곤 **펴낸곳** (주)북이십일 21세기북스
출판등록 2000년 5월 6일 제10-1965호
부사장 임병주
멀티콘텐츠개발실장 김수경
팀장 탁수진
책임개발 이장건
기획개발 문숙영 정선화
외주스태프 김학민
표지 · 내지디자인 북이십일_김서형, 손성희 **손글씨** 까시
영업 · 마케팅 본부장 이희영 **영업 · 마케팅** 김태균 오하나 정원지 소재범 문혜성
주소 (우 413-756) 경기도 파주시 회동길 201(문발동)
전화 031-955-2733(마케팅), 031-955-2157(기획편집)
팩스 031-955-2177
홈페이지 www.book21.com
21세기북스 트위터 @21cbook **페이스북** 21cbooks

ISBN 978-89-509-4356-1 13800
값 13,500원

너

1825일의 기록

이 동 근 여 행 에 세 이

21세기북스

여행 작가
이동근입니다

당신이 나에게 물었다. "당신은 어떤 사람입니까?"
나는 대답했다.
"저는 착한 사람은 아닙니다. 다만 솔직한 사람입니다."
내가 1825일의 순간들을 기록하는 동안,
내가 찾은 내 자신에 대한 답이다.

나는 여전히 내가 어른이라고 말하지 않는다. 아직도 프라모델을 좋아하고,
혼자 심야영화 보기를 좋아하고, 음악을 좋아하고, 혼자 걷기를 좋아하고,
한적한 카페 2층에 앉아 지나가는 사람들을 바라보는 것을 좋아한다.

혼자 있고, 혼자 하기를 좋아하는 내게 좋아하는 한 가지가 새롭게 늘어났다.
당신과 내가 무언가를 소통하고 공유하는 것이 좋아졌다.

독자들과 소통하고 사람들과 교감하기 위해 '힐링아카이브'라는 팀을 꾸렸다.
사진과 그림을 전시하고 입장권 판매를 통해 수익 전부를
삶에 지친 이웃들에게 기부할 목적으로 만든 팀이다.
여행 작가를 꿈꾸는 사람들을 위한 강연도 할 예정이다.

나는 '내가 하는 것들에 매우 만족한다'라고 자신 있게 말할 수는 없다.
다만 살아가는 대로 생각하는 사람이 아닌,
생각하는 대로 살아가는 사람이고 싶다.

Contents

너

너

Prologue

너

'당신'이란 단어는 애틋한 감정을 불러일으키는 특별함이 있다.

당신은 사람에 국한되지 않는다.
오래된 고서, 담벼락 사이에 머리를 내밀고 있던 잡초,
지붕 위를 위태롭게 넘나드는 고양이, 신다가 버린 운동화,
어느 취객이 몰래 남기고 갔을 법한 오줌자국…….
눈에 담았던 그 모든 것이 당신이었다.
당신으로 인해 난 행복했었다고 감히 말할 수 있다.

그런 당신을 사랑하지 않을 수 없었다.
내가 필요로 할 때 말없이 반겨준 건 당신뿐이었다.

아무 말도 할 필요가 없었고
아무것도 줄 필요가 없었다.

나에게 말을 걸어 주는 방법,
당신이 할 수 있는 유일한 방법,
그냥 그 자리에 있어 주는 것.
그리고 나의 마음을 당신에게 쏟는 것만이
우리가 서로 나눌 수 있는 대화의 전부였다.

말로는 다하지 못할 이야기들을 하고 싶었습니다.
길 위에 직접 서야만 표현할 수 있는 것들.
그때의 마음을 당신에게 보여야 한다면
있는 그대로 솔직하게 보여 주고 싶었습니다.

당신에게 아름다운 풍경이라고 일컬어지는 것들에 비하면
골목은 누구나 하나같이 감탄할 만한
그런 공간은 아닐지도 모릅니다.
사진과 글만으로 내가 품었던 애틋한 마음들을
다 보여 준다는 것도 무리일는지 모릅니다.
그 일부분만이라도 전할 수 있다면,
당신에게 보여 줄 수 있다면…….

무언가를 꼭 어딘가에 흘려버리고
기억하지 못하는 사람처럼,
자꾸만 멈칫하게 됩니다.
하지만 골목을 향한 발걸음이 있었기에
나는 하루를 열심히 살아낼 수 있었습니다.
산산하게 불어오는 골목바람과 음악에
비루한 마음을 의지하며
무사히 모든 여행을 마칠 수 있었습니다.

1825일의 순간이 만든 찰나의 기록이
내게 남았습니다.

나에겐 그 어떤 것과도 바꿀 수 없었던 골목 안의 사소한 만남들.
만남 이후 오래된 것들을 참 자랑스럽게 생각하게 되었습니다.

아픈 사연 하나쯤 품고 있지 않은 사람 없듯이,
아픈 사연이 깃들지 않은
골목 또한 없었습니다.
그래서
내 마음을 온전히 다 쏟게 만들었습니다.
골목은 그 자체만으로도 신비로운 공간이었으며
말로는 다 하지 못할 감동이
있는 곳이었습니다.

처음 골목을 걷게 된 시작은 지극히 개인적인 이유 때문이었습니다.
사랑에는 희극과 비극이 공존하듯이,
나의 마음에도 절망과 희망이 공존했습니다.
지나가 버린 사랑에 대해 아직 아픈 것도 사실이며,
아름다울 수 있었던 삶을 죽음으로 끝내 버린
그 아이에 대한 죄책감을 끌어안고 있는 것도 사실입니다.

그 모든 고통들을
잠시나마 잊고 싶었기에 찾던 것이
여행이었을 뿐이며,
그 대상이 골목이 된 것뿐입니다.

나는 아주 자연스럽게 골목으로 스며들었기에
꾸미지 않은 솔직함을 표현할 수 있었습니다.
내 작은 마음을 함께 나누고 싶습니다.
작은 위로를 드릴 수 있다면 더 큰 보람이 될 것 같습니다.
그대와 함께 걸으며 나누었던 여행은 아니지만,
그대가 골목에 깃들어 있다면 언젠가 나와 우연히
마주치게 될는지도 모릅니다.

그때는
따뜻한 차 한 잔 마시며
많은 이야기를 나누게 될는지도
모릅니다.

'공간'은 누군가에겐 그저 살아온 날들의 과정일지도 모르며,
또 다른 누군가에겐 가슴에 기억하기조차 싫을 정도의 상처일지도 모른다.
나에게도 그런 과정과 상처의 시간들이 존재했다. 시간이 지난 지금에서야
내가 겪어온 수많은 일들이 현재의 나를 만들어 낸 소중한 밑거름과
추억이라는 것을 깨달았다. 그 사실을 인정하는 데에만 20년을 훌쩍 뛰어넘는
시간이 걸렸기에 지금부터 내가 하는 이야기가 그대들에겐 생소할 수도 있다.

'골목'에 오는 데 15년이라는 시간이 걸렸다.
솔직히 털어놓자면 이곳에 다시 발을 내딛을 용기가 없었다.
좋은 추억, 상처, 가슴이 먹먹해지는 애틋함이 함께 공존하는 곳, 골목.
시간이 흐르고 나이를 한 살 두 살 먹어 갈 때,
기억하는 것만으로도 위안을 주었던 곳,
철없던 유년 시절 개구쟁이 꼬마들이 삼삼오오 모여 추억을 쌓아 두었던 곳,
골목.

골목은 좁다. 골목은 핏줄과도 같다. 핏줄이 막히면 생명이 끊어진다.
그래서 골목은 어느 한군데라도 막혀서는 안 된다. 사라져서도 안 된다.

삶은 무언가를 자꾸 요구한다.
다른 사람을 따라잡지 못하면 패배자가 된다는 전제 아래 우리는
세상을 살아가고 있는 것만 같다. 결승점에 꼴찌로 도착한다 해도 패배는 아니다.
이 깊은 고민을 푸는 일은 천천히 걷는 것에서부터 시작된다.
천천히 걸어야 할 장소가 골목이라고 단정하지는 않겠다.
하지만 골목이 된다면 더 좋을 것 같다.

내가 느낀 것들을 당신에게 강요할 수는 없다.
내가 느낀 것들을 당신도 느낄 수 있을 거라 장담할 수도 없다. 해석은 각자의 몫이다.
자신의 마음을 끌어당기는 곳이 있다면 그 장소를 목적지로 정하고 가라.
행여 멀리 돌아가는 일이 생기더라도 초조해하거나 당황하지 마라.
여행은 자신을 위해 온전히 시간을 쓰는 일이다. 여행에서 힘든 것들을
모두 내려놓고 오기는 힘들다.
어느 장소에서 조금의 위안만 얻었다면 그것으로 충분하다.
나는 당신도 하루빨리 행복해졌으면 좋겠다.

내가 당신의 손을 잡고 눈을 마주 보며,
당신의 이야기에 진심을 담아
들어 줄 수 없으니 그저 안타깝고 무력하다.
내가 그대에게 보여 주고 들려주고 싶은 것은
진심이 담긴 나의 마음 한 가지다.

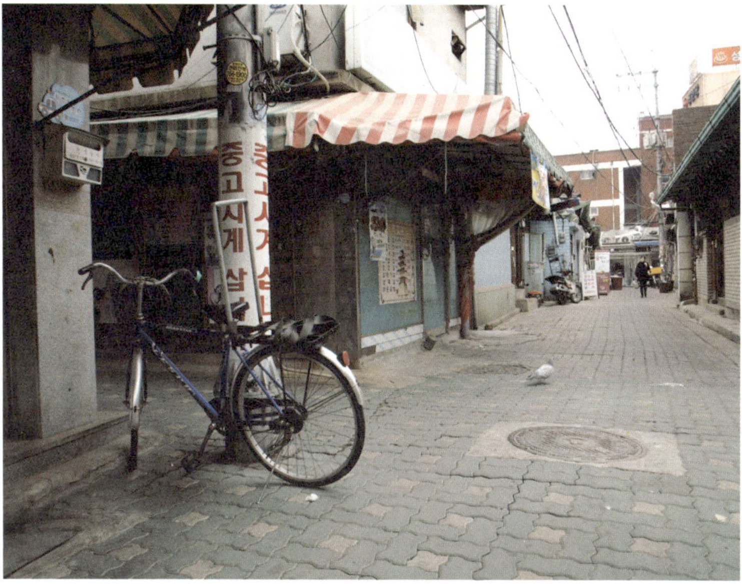
중고시계 삽

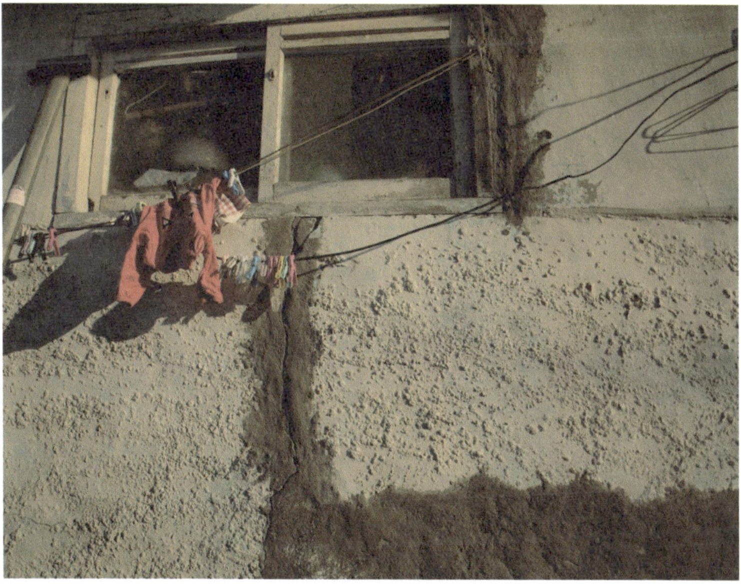

scene #03.
나는 너를 더
사랑할 것이다

목적지가 따로 정해지지 않은 길. 버스 노선도 보지 않고 문득 버스에 오른다.
버스 숫자가 마음에 들었다. 행운의 숫자 7번, 이 숫자가 새겨진 버스를 타고 가면
왠지 나를 좋은 곳으로 인도해 줄 것 같다.
나에겐 낯선 길, 도시의 수많은 차들을 뚫고 달려가는 버스 안,
차창 너머로 비치는 삶의 풍경과 스쳐 지나가는 사람들, 솟아 있는 건물들…….
이 모든 것들을 바라볼 때면 '나'라는 한 사람은 참으로 작게 보인다.

버스를 타고 가다 내리고 싶은 곳에서 내릴 때도 있다.

종점까지 가서 다시 되돌아오는 같은 노선의 버스에 올라,
처음 자리의 반대 방향에 앉기도 한다. 그 반대편 세상에는
굉장한 무언가가 숨어 있을 것이라 기대하며 소소한 버스 여행을 즐겼다.
그러다 아지트 같은 공간을 발견하기도 했다.
비가 올 때 다시 가보고 싶은 곳을 발견하기도 했다.

그런 곳은 비가 오는 날,
같은 버스를 타고
비 오는 풍경을 보러 간다.

이곳저곳 많이 가보고 싶은 욕심을 버리고 나니, 여행이 편해졌다.
조급한 마음도 사라졌다.
한 장소에 최대한 오래 머물러 세심하고 조심스럽게 길의 구석구석까지 보고
돌아간다는 마음가짐이 여행에서는 가장 필요한 준비물이다.
머물러 있던 공간에서 다른 공간으로 향한다는 건 또 다른 내 모습을 찾는 일이며,
또 다른 나를 알아가는 일이니까.

그게 혼자가 아닌 둘이라면
더 즐거운 일이 될 수도 있다.

오랜 친구와 함께, 사랑하는 사람과 함께 버스 뒷자리에 올라
이런저런 이야기를 나눈다든지, 이어폰을 나눠 끼고 음악을 들으며
서로에게 기대어 잠을 청한다든지 하면 더 낭만적일 것 같다.
일상에서도 당신과 나를 위한 시간을 얼마든지 아름답게 만들어 갈 수 있다.
돈이 없기 때문에 여행이 불가능한 것은 아니다.
마음의 여유가 없기 때문에 불가능으로 비쳐지는 것이다.
나에게 단돈 오천 원이 있다면 난 주어진 돈만큼 재미있는 여행을 할 것이다.
목마름을 적셔 줄 물을 사고, 입안에 기쁨을 전해 줄 막대사탕을 두 개 살 것이다.
그리고 사랑하는 사람과 버스 뒷자리에 앉아 이런저런 이야기를 나누고 싶다.
나와 다른 인생을 살아온 당신의 이야기에 귀 기울여 주고 싶다.
피곤해하는 당신을 위해 나의 어깨를 내어줄 것이고,
두 손을 꼭 잡아 안도할 수 있게 할 것이다.

낯선 곳에서 함께 공유할 수 있는 무언가가 있다면
나는 너를 더 사랑하게 될 것이고,
너는 나를 의지하게 될 것이다.

나는
당신에게
알려 주고 싶다.

둘이서 함께하는 것은
비록 불편한 여행일지라도
그 불편함이 당신과 나만의
추억이 된다는 것을.

그리고
조금 더 욕심을 부려,
당신도 나처럼
이런 소소한 버스 여행이
좋아졌으면 좋겠다.

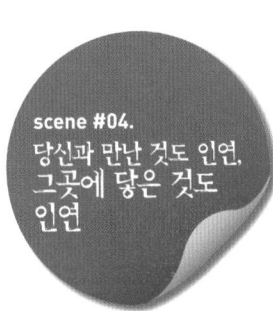

scene #04.
당신과 만난 것도 인연,
그곳에 닿은 것도
인연

어느 도시든 변두리에는
도시의 시대적인 변화를 대변해 주듯 존재하는 공간이 존재한다.

삶의 실존 공간인
시장 골목, 여관 골목, 상가 골목,
주택가 골목, 포구 골목, 돌담 골목, 벽화 골목.
골목에서 삶을 꾸려가는 사람들과 그들이 만들어 낸 일상은
깊은 의미를 담고 있다.

당신의 일상에
매우 자연스럽게 스며들어 있기에
관심을 두지 않고 살아가고 있을 뿐.

나의 관심에서 시작된 힘든 여정은 매번 나에게 다른 감동을 안겨 주었다.
집들의 구조와 형태가 모두 비슷해 보여도,
그 길을 걸어본 사람들은 잘 알고 있다.
사실은 조금도 비슷하지 않다는 것을.

오래되고 낡았어도 사람이 살고 있는
집과 사람에게 버려진 집은
확실히 다르다.

사람이 항상 존재하는 공간
사람의 흔적이 깃든 공간
…….

어떤 말들은
마음을 따뜻하게 채운 별이 되고,

어떤 말들은
비수처럼 가슴에 꽂혀 상처가 된다.

마음이 아프면 길을 떠나라.

그 길에서 쓸쓸한 그 길목에서 한없이 외로워하라.
그러다 보면 자신을 스스로 다독이며 사랑하게 될 것이다.

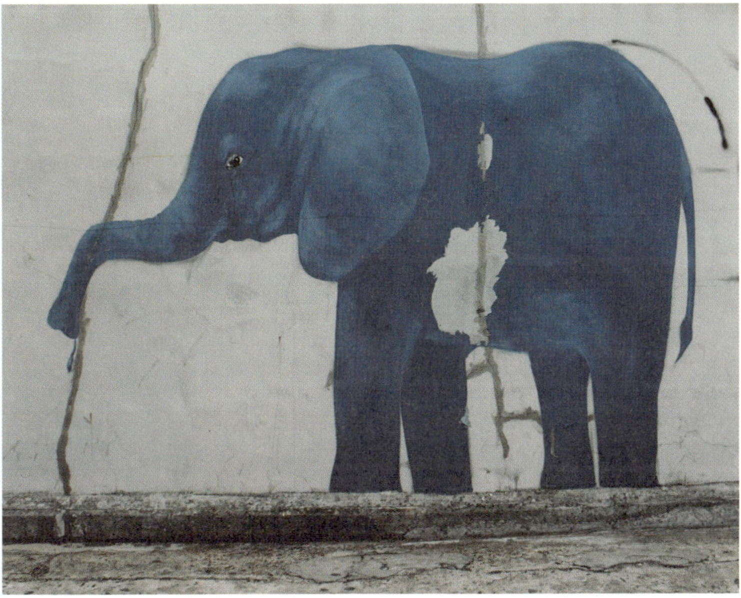

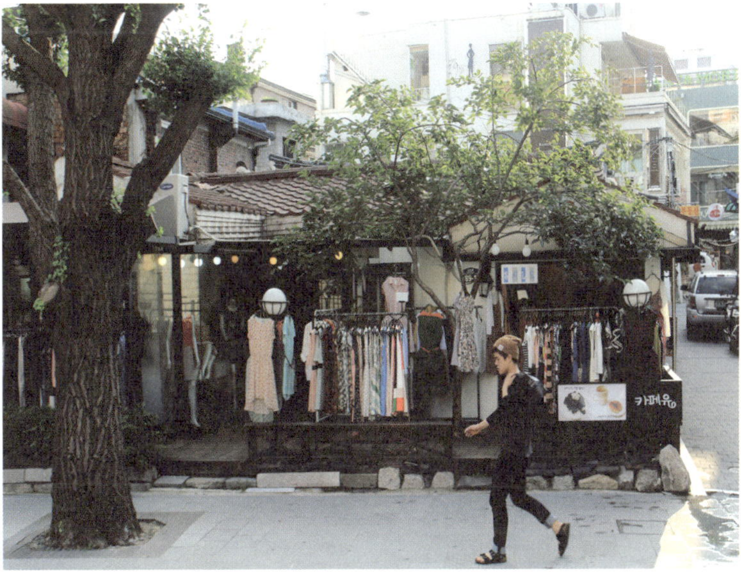
카페유

기억 속에 소중하고
아름답던 기억으로 자리 잡고 있던 그 장소.

웃기만 하는 철없는 동네 악동들이 귀찮을 법도 한데,
다정한 말투로 많이 먹으라며 국수를 떠 주시던 아주머니.
아련했던 시간 속의 그분을 다시 만났다.
조금은 야위고 주름졌지만 내가 기억하는
그때의 따뜻했던 인상 그대로 간직하고 있는 얼굴,
언젠가 꼭 다시 보고 싶었던 얼굴…….

열 살 소년이 어느덧 서른이 넘은 어른이 되었으니,
그 흘러간 시간만큼의 당연한 변화일 것이다.

그 시간만큼 돈의 가치도 변했다.
지금의 오십 원은 땅바닥에 떨어져 있어도 애써 줍지 않고
지나쳐 버릴 만큼의 가치로 변해 버렸다.
그렇지만 20년 전의
오십 원은 먹어도 먹어도
배가 고픈 식탐을 가진 아이에겐
배불리 간식을 먹을 수 있는 돈이었다.

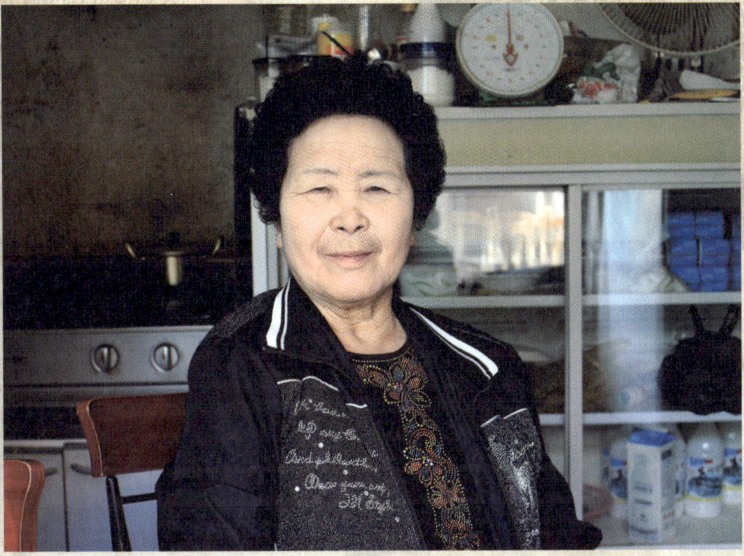

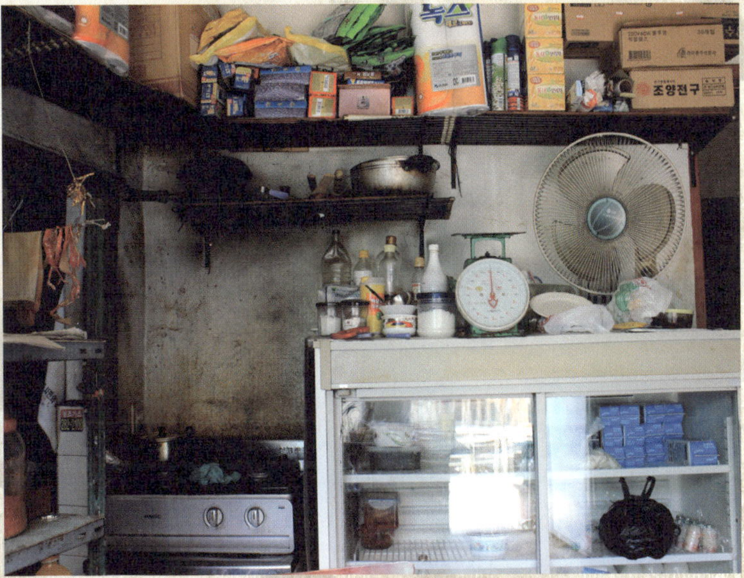
조양전구

따뜻한 햇살이 비치던 4월이었다. 나의 기억에 자리하던 가게 앞을 지나칠 무렵,
마침 마실을 다녀온 듯한 할머니 한 분이 가게 문에 굳게 채워진 자물쇠를 열고,
가게로 들어서고 있었다. 반가운 마음에 나는 가게 앞으로 뛰어갔다.
시간이 바람처럼 흘러 남아 있는 기억보다 가물가물해진
기억이 더 많을 텐데도 난 주름 사이에 깃든 할머니의 다정했던 얼굴을
한눈에 알아볼 수 있었다.
할머니께 인사를 드렸다. 예전 국수가게를 했던 그 시절 할머니께서 파신
국수를 잊지 못해 20년 만에 이곳을 다시 찾았다고 말씀드렸다.
고생의 흔적이 역력한 할머니의 따뜻한 손이
내 손을 꼭 잡으며 기쁘게 반겨 주었다.

"이 동네가 힘들게 사는 사람들뿐이었기에,
남는 것도 없는 장사였지만 그렇게 국수를 팔 수밖에 없었어.
외상으로 국수를 점심 삼아 먹던 공장 사람들 중엔
미처 외상값을 다 갚지 못한 채 이곳을 떠난 사람도 있어.
하지만 십 년이 지나 국수값을 주려고 온 사람도 있었지."

할머니는 국수가락처럼 말씀을 줄줄 이어간다.

무릎 관절도 나빠지고 남편마저 치매로 세상을 떠나 예전처럼 장사를 하지는
못하지만, 이곳에 처음 시집와서 아이들까지 다 키워 시집 장가 보내며 오래도록
알고 지낸 이웃들 때문에 이곳을 떠날 수가 없다고 한다.
할머니가 풀어내는 이야기보따리는 참으로 시간이 가는 줄 모르게 재미있었다.
그때 당시엔 웃지 못할 일들이었지만, 지금은 모두 지난 일이기에,
요즘은 그런 일들조차도 자주 그립다고 하는 할머니.

할머니는 가게 안의 금고를 몇 번이나 도둑맞았는지 모른다며
다시 말씀을 이어간다. 언젠가 한번은 가게와는 거리가 먼 목포역에서
금고를 찾은 적도 있다고 한다. '백 원짜리 장사'를 했기에 금고 안에는
지폐보다 잔돈이 더 많았고, 그 무거운 걸 가지고 도망가느라 꽤나
고생했을 거라 말씀하며 할머니는 크게 웃었다.

"젊은 사람들은 이런 동네 안 살려고 해.
모두들 도회지로 떠나 버리고, 재개발이다 뭐다 어수선하기도 하고…….
자식들도 자꾸 오라고 하는데, 가기가 싫어."

혼자 남은 동네 노인들이 걱정되기도 하지만,
자식들에게 짐이 되는 것이 제일 싫다며 할머니는 솔직한 속내를 털어놓았다.

"작년에 우리 영감이 세상을 떠났어! 그런데 참 편하게 보냈어.
아들, 며느리도 치매 걸린 아버지를 돌본다는 게 참 하기 힘든 일이어서
요양병원으로 보냈는데, 간호 잘 받고 잘 지내다가 가셨으니까.
영감도 애들한테 부담 주지 않았다고 생각하며 편하게 갔을 게야!"

얼마나 이야기를 나누었을까?
오랜 시절의 이야기를 듣다 보니 시간이 흘러가는지 몰랐다.

잠시 후 할머니가 나지막이 물었다.
밥은 먹었냐고. 다리가 아파 장사를 못한 지가 오래됐지만 밥이라도
한 끼 먹고 가라며 붙잡는다. 나는 사양하지 않았다.
밥 한 톨까지 긁어내 담아 주는 그 인정을 나는 거절하고 싶지 않았다.
밥솥과 주걱이 빚어내는 마찰음, 그리고 언제 먹어 봤는지 기억도 나지 않는
전라도식 젓갈과 묵은지에 나는 잠시 미안함을 내려놓기로 했다.
그리고 아주 맛있게 밥 한 그릇을 깨끗하게 비워냈다.
식사를 마치고 할머니와 두 시간에 걸쳐 이야기를 더 나누었다.
할머니는 외출하고 돌아온 피곤함도 참으며 오랜만에 고향을 찾아온
손자를 대하듯 나를 배려해 주었다. 나는 내 추억 속의 소중한 분에게
또다시 위로를 받고 있었다.

여행에서 만난 한 사람, 한 사람이 그토록 소중하지 않을 수가 없다.
언젠가 나도 그들에게 꼭 위로가 되어 주자고,
그들이 베풀어 준 마음 씀씀이를 잊지 말자고 다짐했다.
지금 내가 당신에게 보답하는 길은
그것밖에 없으니 말이다.

scene #07.
골목
여행자

골목을 걷노라면, 지도는 필요 없다.
모든 골목길에서는 자신의 느낌에 맞게 걸으며 여행자만의 지도를
만들 수 있기 때문이다. 잘못 들어선 골목에서 예쁜 대문을 만날 수도 있으며,
예쁜 벽화 한 점을 발견할 수도 있다.
담벼락 위를 서성이는 고양이 한 마리를 만날 수도 있다.
아무것도 모르고 들어선 그 길,
그 골목에서 당신이 만날 수 있는 것은 무궁무진하다.

골목은 다채롭고 너무나 일상적이다.
햇빛 맑은 날의 느낌이 다르고 비가 오는 날의 느낌이 다르며,
눈이 오는 날의 풍경이 다르다.
그래서 골목 여행은 혼자서 산책하며 여유를 즐기기에 좋다.
골목을 걸으며 나는 말로 표현할 수 없을 만큼 행복했다.
유년 시절의 기억에 사로잡힐 수도 있고, 좋은 음악과 함께할 수도 있는
골목 여행은 이 세상에서 내가 혼자 즐길 수 있는
최고의 여유로운 휴식이었다.
수많은 사연을 안고 길에서 살아가는 이웃도 만날 수 있다.

그들의 이야기에 귀를 기울이는 순간, 나는 알 수 없는 무언가에
이끌리듯 그 한 많은 사연 속으로 빠져든다.

골목은 사람을 외롭게도 만들고, 우울하게도 만든다.
골목은 여행자에게 그 외로움을 자연스럽게 받아들이게 한다.
세상 사람 모두가 내 곁에 있어도 외로운 순간들은 있게 마련이고,
가끔은 혼자 외로워지고 싶은 기분에 사로잡히는 순간도 있다.
길 위에 혼자 서 있는 순간을 당연하게 받아들이는 순간,
외로움을 견디는 방법은 온전히 자신만이 알아낼 수 있다는 것을 알게 된다.

자신의 깊은 고민을 누군가에게 말하지 않고
혼자 견뎌내는 사람도 있을 것이다.
자신의 친한 지인에게 해결되지 않을 것을 알면서도
솔직하게 터놓는 사람도 있을 것이다.
말이라도 건네어 위로받고 싶은 마음으로.

여행자로서의 '나'와 여행자로서의 '당신'은 다를 것이다.
그래서 어떤 것이 정답이라고 결론을 짓지는 않을 것이다.
내가 서 있는 길에서 느끼는 것과 당신이 서 있는 길에서
느끼는 것이 다를 것이 명확하기에.

다만 나는 그대가 슬픔과 외로움을 위로받는 여행을 했으면 한다.
그런 여행을 하려면 자신이 서 있는 곳에서 굉장히 자유로운 기분을 느껴야 한다.

목적지는 정해진 것이 아니다.
길 위를 걸으며 길을 잃어보는 것도
여행을 위한 마음가짐이다.

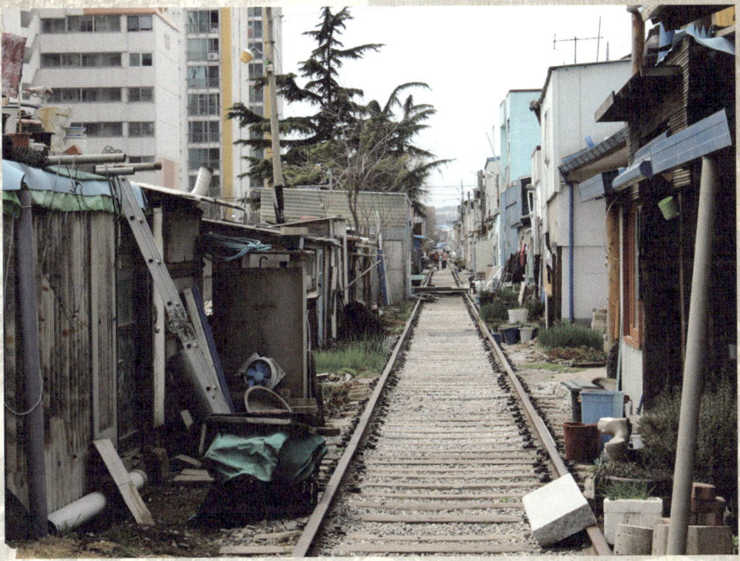

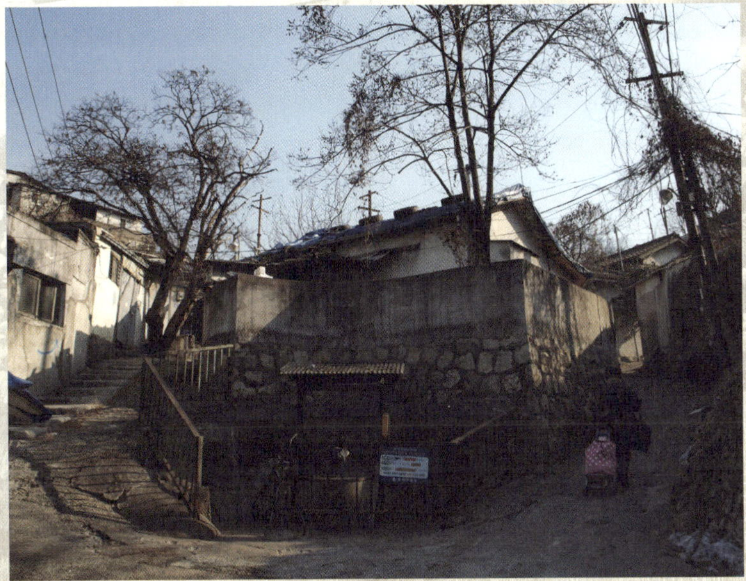

작은 디지털 카메라를 처음 손에 잡았던 순간의 떨림과
흥분을 지금 생각한다.
그것은 마치 이제는 감촉마저 잃어버린 엄마의 젖가슴을 만지는 느낌이었다.
나는 그 젖가슴을 만져 가며 입에 무는 어린아이가 된 기분이었다.

찰칵, 흘러가는 순간을 담는 셔터 소리.

무엇이 잘 찍은 사진인지 못 찍은 사진인지는 지금도 개의치 않는다.

지금의 내가 찍은 사진을 보고 있노라면, 나는 '나스러운' 사진을 표현하는

능력을 키우고 있는 것 같다. 내 사진은 다양한 렌즈의 힘으로

찍은 예술적이며 감각적인 사진은 아니다.

있는 그대로 꾸며내지 않은 자연스러움을 풍기는 사진일 뿐.

평범하면서도 익숙한
그래서 질리지 않는 그런 느낌을
골목에서 찾아내고 싶었다.

나의 감정을 아주 조심스럽게 어루만져 줄 사물과 이웃들의 꾸며내지 않은

자연스러움을 말이다. 그래서 나는 한 장소에서 최대한 오래 머물렀다.

계절이 바뀔 때마다 같은 장소를 찾기도 했다. 그렇게 한곳 한곳 찾아다니다 보니,

내가 그동안 머물렀던 미로의 공간은 셀 수가 없을 만큼 다양해졌다.

쉬는 날, 주말마다 골목을 찾아다녔다.

조금 더 다양한 장소를 보여 주고 싶어서가 아니라

나의 꾸밈없고 촌스럽기까지 한 감정들을 그대들과 공감하고 싶어서.

하지만 이런 나의 여행을 이해하지 못하는 타인의 시선에게는

별로 이해를 구하고 싶진 않았다. 설득하고 싶지도 않았다.

내게 안도와 행복을 주는 것들은

모두 골목이라는 작은 공간 안에 있었기 때문이다.

낡은 집 옥상에서 바람에 나풀거리며 뽀송뽀송 말라가는 빨래들,

불편한 다리로 한 걸음 한 걸음 옮겨 가며 1킬로그램당

90원밖에 쳐주지 않는 재활용 쓰레기를 줍고 계신 할머니,

네모난 평상에 마주 앉아 담소를 나누는 어르신들 그늘 밑,

몸을 숨긴 채 더위를 피하고 있는 동네 강아지……

내 눈앞에 펼쳐진 이 모든 풍경과 함께 살아가는 이 모든 사람은 지쳐 있는
나를 몇 번이고 일으켜 준 원동력이었고, 위로였다.
나는 작은 디지털 카메라 하나 덕분에 사람과 사람이 나누는 소통이
큰 즐거움이라는 것을 알게 되었다. 아름다움을 자랑하는 유명한 관광지 속
풍경이든, 소박한 골목이든 사람이 그 안에 속해 있다면 모두가
소중한 공간이자 안식처라는 것을 알게 되었다.

지금 이 순간
글을 보고 여행을 꿈꾸고 있을 당신.

당신은 어떤 풍경을 꿈꾸고 있는 것일까?
당신은 자신을 위로해 줄 풍경을 찾았을까?

나는 작은 궁금증을 뒤로한 채, 당신은 언젠가 당신의 진심이 깃든
그 장소에 닿게 될 것이라 믿어 본다.

사랑은 나를
전부로 만들었다

허물이 많은
나의 마음을 아닌 척 부정하진 않는다.

네가 머물렀다 가버린 자리의 흔적은
잘 지워지지 않을 만큼 깊게 물들어 있다.
시간이 가면 괜찮아지겠지, 또 이러다 말겠지,
그렇게 끝없이 반복되는 것이 당연하다는 듯 나를 위로했다.

지나가 버린 일과 놓쳐 버린 사랑에 후회가 없는 사람은 있을 수 없다.
하지만 미련과 그리움으로 사무쳐 누군가로 다시 향하게 될 사랑에
최선을 다하지 못할 것 같으면 다음 사랑을 시작해서는 안 된다.

나는 그렇게 살았다.

나에게 사랑은 전부가 아니었지만,
사랑은 나를 전부로 만들었다.

사랑은 잠시 내 뺨에 내려앉았다 가는 바람일 뿐이었지만,
잡지 못할 그 바람을 미치도록 소유하고 싶어 욕심도 부려 봤지만,

시간이 지나고 나니
그 옆을 말없이 내주고 있던 것들은
하나도 남아 있지 않았다.

사랑은 나의 마음에 잠시 깃들다 가는 바람이었다.
내 안에 바람이 잠시 깃들다 가더라도
사탕을 안 뺏기려는 아이처럼 울거나 집착하거나 소유하려 하진 않겠다.
그것은 온전히 메말라 있는 나의 마음을 품어 주는 것이니까.

나 역시,
그 바람 같은 사랑을 나의 육체로
나의 마음으로 한가득 품었다 놓아줄 것이다.

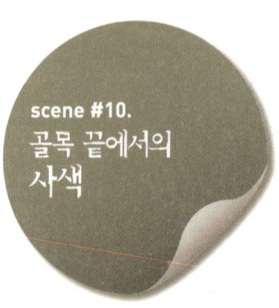

scene #10.
골목 끝에서의 사색

하나.

혼자 떠나는 여행은 언제나 외롭지만,
그 외로움은 여행에 있어 필수다.
외로움으로 인해 나의 감성과
당신에 관련된 이야기 또한 끝이 없다.

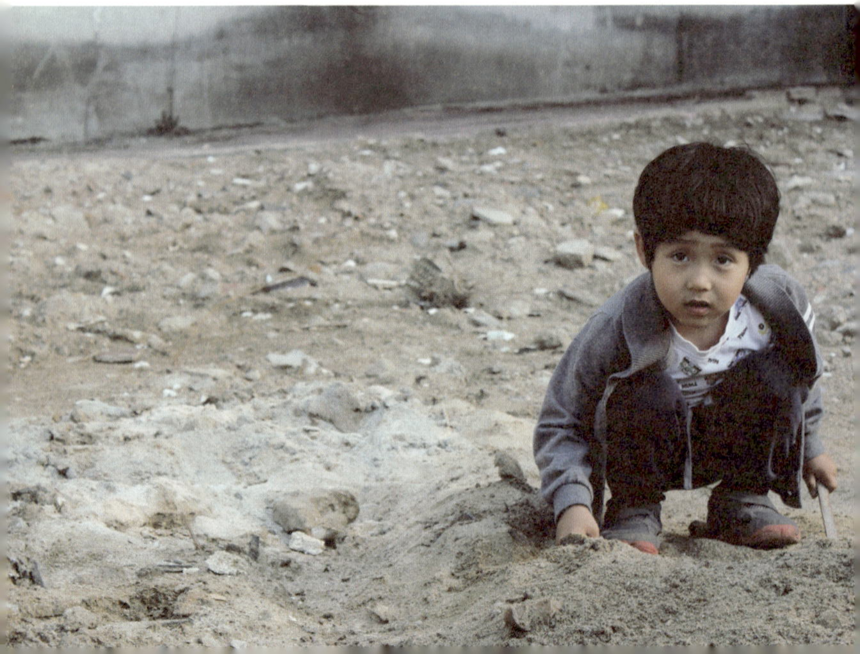

둘.

여행은 끝나지 않았다. 항상 새로운 곳에 목마르고,

가보지 못한 곳에 애가 단다.

장소에 대한 애달음, 가보고 싶은 곳에 대한 동경은

사랑하는 사람을 보고 싶은 마음을 닮았다.

언젠가는 밟아 보리라 마음먹은 그곳에 나의 두발이 닿을 날을 위해

잠시 그렇게 쉬었다 갈 곳을 찾는다.

너에게로 가는 날,

내가 정말 원하는 곳에 가는 그날,

그 하루를 위해 긴 시간을 그렇게 보고, 듣고, 느끼며

준비를 하고 있는 것이다.

셋.
하루하루 일상은 사진에 담기에 벅찰 만큼 결정적인 순간의 연속이다.
예전의 나는 이런 의미 있는 시간의 깊이까지는 들여다보지 못했다.

더 멀리 가려고만 했고 더 멀리 가야만 하는 줄 알았다.
정작 내 눈앞에 펼쳐진 의미는 하나도 알지 못했던 것이다.

넷.
길에서는 늘 예기치 않았던 만남들이 기다리고 있다.
이 모든 만남은 걷고 있을 때 찾아온다.
걷다 보면 생각은 담백해지고 삶은 단순해진다.

만나는 것들에게 마음을 열고
그러다 보면
어느새 길의 끝에 오게 된다.

scene #11.
우리의 90년대에
바침

순수했던 사랑을 위한 편지

90년대의 학창 시절,
나는 같은 학년 친구들 사이에서 연애편지를 기가 막히게
잘 써 주는 학생으로 유명했다. 나의 소문을 듣고 다른 반에서 편지를 써 달라며
부탁하러 오는 녀석도 있었다. 지금 돌이켜 생각하면 참 순수한 시절일는지 모르겠다.
연애편지를 대필해 주는 것에도 나만의 철학적인 규칙은 있었다.
짝사랑하는 사람에게 쓰는 편지인지, 사귀고 있는 여학생에게 이벤트로 써 주는
편지인지, 언제부터 좋아했는지, 어디서 만났는지, 왜 좋은지 등등의 이야기를
나에게 꼼꼼히 다 들려줘야 한다는 것이었다.
자신의 마음을 누군가에게 털어놓는 것. 특히나 누군가를 좋아하는 마음을
제3자에게 털어놓는다는 것은 이제 갓 사춘기에서 벗어나려고 하는
남학생에게도 어려운 일이었다.
하지만 그 아이의 마음 상태를 내가 더 잘 알고 있어야 대필한 편지를 받아
읽게 되는 사람에게 진심이 담긴 글을 전할 수 있을 거라 생각했다.
열일곱, 한창 감수성이 넘쳐나고 이성에 대한 호기심이 왕성하던 시기였기에
나 또한 정말 좋아하는 사람에게 고백을 한다는 것이 얼마나 큰 용기를
필요로 하는 것인지 너무나 크게 공감하고 있었다.
그래서 말로 하지 못할 부끄러운 고백을 진심이 가득 담은 편지로라도
전할 수 있도록 도움을 주고 싶었다. 편지는 학교를 파하고 집에 돌아가
잠들기 전까지 썼다. 썼다 지웠다를 반복하며 약 편지지 두세 장의 분량으로
공책에 날치기(글씨를 흘날리게 쓴다는 뜻의 경상도 사투리)를 해서
다음 날 학교에서 친구에게 전달했다.

지금 생각해도 참 어린 나이에 굉장한 룰을 정해
치밀하게도 작업했던 것 같다.

편지를 편지지에 바로 적어서 달라며 편지지까지 쥐어주던 녀석들도 있었다.
하지만 그것은 내 철칙에 위배되는 것이었기에, 일부러 공책에 적어 찢어 준다.
본인이 다시 편지지로 옮겨 적으면서 읽어 보게 하고 무언가 맞지 않으면 수정을
할 수 있게 한다. 다른 이가 자신인 척 쓴 편지이니 아무리 신경을 써서 쓴다 한들,
친구의 마음을 백퍼센트 대변해 줄 수는 없기 때문이다.
남학생만 가득한 고등학교였기에, 대부분의 친구들이 여학생을 만나는 일은
학원에서 이루어졌다. 간혹 친구들과 길을 가다가 교복을 입고 걸어가는
예쁜 여학생의 삐삐번호를 얻어내기 위해 그 여학생의 집까지 쫓아가는
의지를 가진 녀석도 있었다. 학교에 가면 피 끓는 남학생들이 모여 하는
이야기는 성적 이야기가 아니었다. 어느 학교 여학생이 예쁘다,
어제 여자 친구와 키스 했다 등등의 이야기들뿐이었다.
그렇게 편지를 전해 주고 나면 2,3일 후쯤 어떻게 되었다는 통보가 온다.
돈 없는 고등학생이 할 수 있는 고백 방법은 대부분 장미 꽃 몇 송이에 편지를
들키지 않게 꽂아 학원 시간 마치기 십 분 전에 미리 나가 기다리는 것이다.
아니면 그날 하루는 학원을 제치고,
그 여학생의 학원 앞에서 여학생이 나오기만을
무작정 기다리는 것이다.

나도 친구들이 고백할 때 함께 기다려 줬던 경험이 여러 번 있었다.
그나마 전해 줄 용기도 내지 못하는 녀석들은 내게 대신 전해 달라고
부탁하기도 했다. 편지를 대필한 나에게 친구들이 고맙다고 챙겨 주는 대가는
학교 매점의 떡볶이 2인분과 콜라였다. 십 분간의 짧은 쉬는 시간 친구에게
끌려가 허겁지겁 먹었기에 어떻게 집어삼켰는지 기억도 나지 않는다.

흘러가 버린 시간 사이에 끼어 있던 기억,
참 재미있었고, 즐거웠던 기억이다.
순수했고 애틋했다.
이처럼 기억이란 나를 열일곱 살 남학생으로
돌아가게도 한다.

오늘 난 누군가를 위해 대신 고백하는 편지가 아니라 고맙고 감사하다는
편지를 한 통 적어 보내야겠다.

나는 내 자신의 실수나 상처에 대해서는 관대하지 못하면서
다른 이의 슬픔과 상처를 온전히 받아들일 수 있을지에 대해 고민을 자주 하곤 했다.
위로라는 것은 타인의 상처를 온전히 내 것으로 끌어안아 준다는 것인데…….
**나는 내게 의지해 오는 사람들의 상처를 진심을 다해
안아 주었던 것일까?**

고민이 어떤 것이 되었든, 그 무게는 결코 자신에게는 가벼울 수가 없다.
**다섯 살짜리 아이가 하는 고민이라고
어떻게 하찮은 것이라 말할 수 있는가?**

하지만 나도 그런 말을 할 뻔한 상황에 처하기도 했다.
가끔 누군가 내게 고민을 건넬 때가 있다.
가만히 들어 주다 보면, 고작 이런 문제로 이러는 것인가! 생각도 했었다.
지금보다 더 어렸을 때는 고민의 말을 끊고 잘못된 부분에 대해서
가르치려 했던 적도 있었다.

나이가 들수록 '난 그때도 어렸다', 라는 생각이 들곤 한다.
그 자리에 나와 마주 앉아 있는 그 사람이 나에게 진정 바라는 것에 대해
깊게 고민해 보지 않았기 때문이다.
자신의 경험에 비추어 타인의 고민을 듣다 보면
'당신의 생각이 틀렸다', 라는 식으로 조언이 아닌 직언을 던지기도 한다.
다른 사람의 실수나 잘못에 대해 가만히 들어 주는 사람이 되어 주기에
나는 부족했던 것이다.

아이들과의 대화는 자신의 모습에 대해서 돌아보는 계기가 된다.
선생님과 어른을 의지하는 아이들은 자신의 잘못과 실수에 대해 정직하지 못하다.
야단맞는 것이 두려워 거짓말을 하고 둘러댄다.

하지만
이것은 어른들의 탓이 아닐까?

아이들은 어른들에게 "괜찮아! 다음에는 더 잘할 수 있을 거야!",
"앞으로 그러지 않도록 조심할 거지?"라는 말을 들어본 적이 없기 때문이다.
아이들에게 잘못과 실수도 인생에 필요한 경험이라는 것을 가슴 깊이
새겨 준 적이 있었을까? 아이는 자신이 잘못한 것을 두려워하기 시작한다.
어른들에 의해 무엇을 잘못했는지 이미 인식해 버렸기 때문이다.

지금의 나는 멋진 조언을 아끼며 살아간다.

그 사람이 어떤 고민을 하든 엄청난 상처와 피해를 입는 게 아니라면,

뻔히 보이는 결과일지라도 한번 부딪혀 보고 상처받아 보는 것도

좋은 방법이라고 말하고 정리를 할 때가 있다.

내가 그 사람과 비슷한 일을 겪어 보았더라도,

그래서 더 좋은 길로 갈 수 있게 조언자 역할을 할 수 있음에도 불구하고…….

타인이 내 마음을 있는 그대로 받아들인다는 것은 몹시 힘들기 때문이다.

이별을 한 사람에게 시간이 지나면 괜찮아질 거라고 말할 수도 있다.

하지만 자신의 고통스러운 시간을 그리움과 후회로 견뎌 보라고도 말하고 싶다.

그것을 겪지 않는다면 이별이 남긴 후유증에서

자유로운 사람이 되기 어렵기 때문이다.

때로는 수백 마디의 옳은 말보다 단 한 번

그 사람의 이야기에 귀 기울여 주는 일이 더 소중할 수도 있다.

그런 사람이 고민을 터놓는 사람에게는 더 고마운 사람으로

기억되는지도 모를 일이다.

scene #13.
헐벗은 그대가
내린 결론

가끔은 어디로 가야 할지
두 갈림길에서 망설일 때가 있어.

어떤 문제를 해결해야 할 때 선택의 몫은 그 선택권자에게 달려 있지만,
올바른 선택을 했을지라도 그게 과연 맞는 건지 의문이 들 때도 있어.
결과에 상관없이 남들은 다 잘했다고 말할지라도 본인이 생각하기에
그 선택에 후회가 밀려오는 것. 그건 정말 어쩔 수 없는 일일 거야.
우리들은 언제나 불안정한 선택의 기로 앞에 놓여 있어.
매 순간순간 밥을 먹어야 하나 말아야 하나 이런 사소한 문제까지도
선택해야 하는 것처럼.

어쩌면 우리들의 인생은
내 의지와는 상관없이 흘러가 버릴지도 몰라.

내가 만든 외로움 앞에서 난 언제나 외로웠고, 외로움 속에서도 혼자가 편했어.
남들이 가지 않는 길을 간다는 것은 외롭고 고독한 일인 게 당연하니까.
내 공간에 숨어서 남들에게 들키지 않으려던 나처럼,
어쩌면 지금의 네게서 예전의 나를 보고 있는 것일는지도 모르겠다.
그 마음을 모두 다 헤아려 주진 못하더라도 나는 당신의 외로움이
어떤 느낌인지는 조금은 알고 있다.
혼자 있고 싶어서 혼자 있는 것과 혼자 있을 수밖에 없어서 혼자 있는 것,
어떤 게 더 외로운 것일까?

그리고 나는 너에게 무엇을 말하고 싶은 것일까?

하루를 꼬박 지새우고,
지친 육체는 빨리 편안한 내 잠자리로 나를 데리고 가려 한다.
하지만 나의 정신은 그 행위를 거부할 때가 있다.
새벽 3시를 지나 4시가 되어갈 때쯤, 몇 시간을 자기에도 애매한 시간이고,
무언가를 하기에도 애매한 시간이다.
나는 가끔 새벽 4시 커피 한 잔을 들고,
사람들이 모두 잠든 그 정적인 시간에 세상에서 가장 편한 옷차림과 양쪽 귀를
음악으로 감싼 채 동네를 서성거린다.
때때로 그 고요한 시간은 나를 세상에서 가장 외로운 사람으로 만들기도 하고,
세상에서 가장 행복한 사람으로 만들기도 한다.

하루 중 가장 밤이 깊은 시간 새벽 4시,
슬픔에 잠겨 우는 사람도 없을 테고, 기쁨에 겨워 웃는 사람도 없을 것이다.
모두가 깊은 잠에 빠져들어 또 다른 하루를 시작할 힘을 충전하고,
어떤 고민도 잠시나마 전부 내려놓을 수 있는 시간.

당신은 지금 무엇을 하고 있을까?
다쳤던 상처도 이제는 조금씩 아물어 가고 있겠지?
당신도 나처럼 지금 이 순간 잠에 들지 못했다면,
외로운 너의 새벽에 깨어 있는 당신을 다독여 주길 바란다.

당신은 아직도 그 자리에 머물고 있을는지도 모르겠다.
기억은 시간이 갈수록 소실되어 가기도 하지만 우연히 얼굴을 내밀기도 하니까.
내가 방심하고 있는 사이에 잊고 지내던 그 기억들이 다시 떠올라
당신을 삼켜 버리게 될는지 알 수 없다.

대중가요 〈굳세어라 금순아〉는
6.25전쟁 당시 피란민들의 애환을 담은
영도다리에 관한 노래이다.

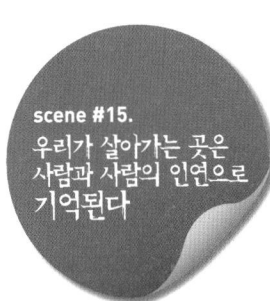

scene #15.
우리가 살아가는 곳은
사람과 사람의 인연으로
기억된다

1931년 3월에 착공되어 1934년 11월 23일 개통된 영도다리는 부산이 가진
일제강점기의 흔적이다. 일본이 대륙 침략을 위한 보급 및 수송로로 삼기 위한
목적으로 만든 영도다리는 6.25전쟁 당시에는 피란민들의 약속의 장소가 되기도 했다.
가족과의 생이별을 견디지 못한 사람들에겐 생의 마지막 공간이 되기도 했다.
그 당시 바다 위를 떠다니는 시체를 건져낼 수도 없을 만큼 많은 사람들이
영도다리에서 세상과의 작별을 고했다.
부산으로 몰려든 수많은 피란민들. 영도다리에만 가면 전쟁 중에 헤어졌던
가족을 찾을 수 있을 것이라는 막연한 기대로 피란민들이 다리 근처를 메웠다.
피란민들은 뿔뿔이 흩어진 가족의 소식을 알 길이 없어 영도다리 난간에 자신의
이름을 새기기도 했고, 하루에도 몇 번씩 찾아와 잃어버린 가족들이
무슨 표시라도 남기지 않았을까 확인하며 애를 태웠다.
어떤 이는 그곳에서 기다리던 사람을 만나기도 했지만, 많은 이들이 만남을
이루지 못했다. 이산가족들은 다리 밑의 점집에서 점을 치며 가족의 생사라도
알고 싶어 했다. 지푸라기라도 잡는 심정으로 *점바치골목을 찾았다.
한때 다리 밑은 50여 개가 넘는 점집으로 가득 찼다.
영도다리는 갖가지 사연과 눈물이 넘쳐흐른 시대의 상징이다.
시대가 바뀌고 영도다리를 기억하는 사람들도 많이 사라져 간다.
기억에서 잊혀 가는 것만큼 슬픈 일은 없다.
영도다리의 이야기를 외할아버지께 듣고 나서 마음이 심란해질 때면
영도다리 밑의 골목을 서성인다.
지금 내가 안고 있는 고통은 그들과 비교할 수 없을 만큼
너무나 하찮은 것이라는 것을 깨닫게 되기 때문이다.

※점바치 : 점쟁이를 뜻하는 경상도 사투리

그 많던 점집은 이제 대부분 사라졌고, 이제는 두세 군데만이 남아 있다.
그마저 조금 더 시간이 지나고 나면 사라질 것이다.
영도다리는 기록을 통해 영원히 존재하겠지만,
영도다리에 얽힌 장면들을 생생하게 기억하고 있는
사람들을 만날 수 없게 될지도 모른다.

길은 곧 사람의 역사이자, 사람이 남긴 흔적이다.

너무나 많은 사람들이 고통을 한 가지씩은 안고 있다.
가슴 깊이 고이 묻어두기만 하고 살아야 하는 슬픔도 가득하다.

결코 돌이킬 수 없는 순간과
다시 만날 수 없는 사람들,
많은 것들에 빼앗겨 버린 시선,
만남과 헤어짐,
새기고 싶은 이름과 지우고 싶은 이름,
당연한 듯 타인의 몫으로 남겨 둔 채
우리는 또다시 제자리로 돌아간다.

scene #16.
우연한
조우

하나.

골목에서의 우연한 조우는 내게 잊고 있던 소중한 것들을 되새기게 해주었다.
골목에 깃들어 담벼락 아래 돗자리를 펴 놓고 감자와 소주를 드시는 할머니들은
못산다고 행복하지 않은 건 아니라고 한다. 나는 할머니들만의 행복을
들여다보며 깨닫는다. 그들은 세월에 머리가 하얗게 변해 버린 '노인'이 아니라
진정한 '어른'이었다.
골목을 다니며 다양한 이웃들과 이야기를 나누다 보니,
자연스럽게 내게 또 다른 고민이 주어졌다. 뉴타운 재개발,
쓸쓸한 삶을 살아가는 독거노인, 엄마를 기다리는 고아원의 아이들…….
이처럼 우리에겐 해결해야 할 숙제들이 많이 있다는 것이다.

난 무언가를 할 수 있는 것이 없을까 찾아보다 자신의
거친 삶에도 굴하지 않고 '숙제'를 하며
살아가는 분을 만날 수 있었다.

그는 당당한 눈빛으로 나의 질문에 대답했다.

"아이들이 가난한 마음을 안고 살지 않았으면 좋겠다."

그는 숱한 방황을 했던 자신의 지난날과 가난했던 마음을 끊고자 1998년 학생상담
연구소의 문을 두드렸다. 그 인연으로 대구광역시 노인종합사회복지관에서
사회복지사로 일하게 되었다. 하루에 2천여 명의 어르신들이 찾을 만큼 일이
많은 곳이었다. 힘든 하루하루였지만 자신을 향한 어르신들의 미소가
모든 것을 잊게 했다고 한다. 3년 뒤 부산으로 흘러오게 된 그는 노인일자리박람회
총괄팀장, 구청의 사례관리사, 지역자활센터를 거쳤다. 그리고 2009년부터
지금까지 부산수정초등학교 교육복지사로 일하고 있다. 마흔을 바라보는 그는
150여만 원의 월급으로 살아가는 계약직이다. 그래도 그는 교육복지사로서의
꿈을 접지 않는다. 아이들이 주는 작은 미소와 변화들이 그 이상의 가치를 선물하기
때문이다. 어느 날부터 아이들이 그를 "아빠!" 하고 부르기 시작했다고 한다.
그는 바라고 있다. 아이들이 자신에게 찾아온 문제가 결코 자신의 탓이
아니라는 것을 알게 되기를. 그는 조손가정(65세 이상인 조부모와 만 18세 이하인
손자녀로 구성된 가정), 이혼, 방임의 아이들과 3년째 목욕탕을 함께 다니고 있다.

둘.

고아원의 아이들. 과거엔 아이들이 유기되는 경우가 많았는데,
요즘은 가정해체로 인하여 맡겨지는 경우가 대부분이다.
불행히도 이것이 요즘 시대의 현실인 듯하다.
어른들이 아이를 그렇게 만든 것인데, 많은 아이들이 자기가 잘못해서
부모님이 헤어졌다고 가슴앓이를 한다. 어른들은 시간이 지나면 그 상처가
아문다고 생각하기에 당연히 아이들도 그럴 것이라 생각하고 어른들 마음대로
결정해 버린다. 어른들은 왜 자신도 감당하기 힘든 일을 아이들이
견뎌낼 수 있을 거라고 생각하는가.

"날 다른 시선으로 보지 마세요."

마음의 상처가 아물지 않았지만, 공부도 해야 하고 친구들과도 즐겁게 보내야 한다.
울고 싶은데, 웃어야 한다. 고아원에서 생활하지만 학교에서는 부모님 얘기를
참 많이 한다. 따돌림으로 외톨이가 되기 싫다.
지나친 관심은 오히려 부담스럽다. 물론 누군가 특별한 시선으로
특별한 관심을 주는 것이 싫은 것은 아니다.
받아 보지 못한 그런 감정에 익숙하지 않을 뿐이다.

"꿈에 날개를 달아 주세요."

아이들의 꿈은 저마다 다르다. 하지만 그들에게는 공부보다 마음의 상처가
아물 수 있도록 도와주는 것이 우선이다. 마음의 상처가 아문 아이들에겐
공부를 잘할 수 있도록 흥미를 붙여 주어야 한다. 마음에 짐이 쌓여 있으면
공부를 해야겠다고 다짐해도 무엇 하나 집중할 수 없다.
아이에게나 어른에게나 똑같은 문제이다.

아이들인 만큼 하고 싶어 하는 것도 많다. 태권도를 배우고 싶은 아이,
피아노를 배우고 싶은 아이, 컴퓨터 관련 자격증을 따고 싶은 아이,
댄스를 배우고 싶은 아이, 노래가 좋아 보컬 학원을 다니고 싶은 아이,
축구를 하고 싶은 아이 등 참으로 다양하다.

물질적인 도움도 중요하겠지만,
다양한 분야에 재능을 가진 분들이 재능을 함께 나누는 것도
참 좋은 것 같다.

다만 한 번 상처를 받은 아이들이기에 단순한
호기심에서 그들을 찾아오는 것은 금해야 한다.
아이들을 돕는 일은 분명 힘이 든다. 없는 시간을 쪼개서라도 아이들에게 가야겠다,
라는 마음가짐이 있을 때 봉사활동은 노동이 아닐 것이다.
그 마음은 아이들에게도 전해질 것이다.

셋.

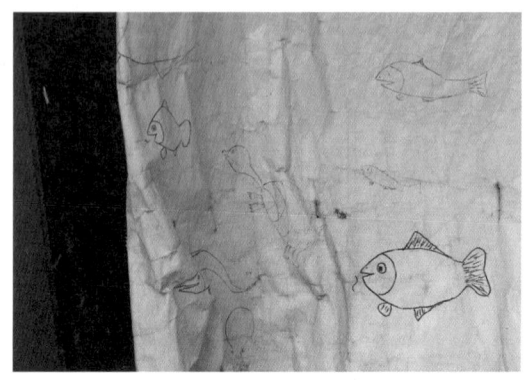

사람이 살면서 가장 힘들 때는 세상에 홀로 남겨져 있다는 생각을
가질 때라고 생각한다. 그 누구에게도 받지 못하는 관심에 굶주렸을 때
사람은 죽을 만큼 외롭다. 노인들은 4고에 시달리고 있다.
빈고(빈곤), 병고(질병), 고독고(고독), 무위고(무위)
한번쯤 관심 있게 매스컴을 접해 보았다면 무슨 말인지 잘 알 것이다.
가족이 아닌 다른 이들에게서라도 관심을 받을 수 있다면,
4고에서 조금이나마 벗어날 수 있을 거라 생각한다.

공원에서의 하루, 박카스 아줌마, 영화 〈죽어도 좋아〉, 약장수
위 제시를 보면 무엇이 연상되는가?
성(性)에 초점을 두는 이도 있을 것이다.
허나 이 모든 것은 노인들의 고독을 말하고 있다. 공원에는 노인들이 많다.
많은 시간을 그곳에서 보낸다.
박카스 아줌마들을 성매매로 연결 짓지만 노인들에겐 말동무이기도 하다.
독거노인들이 경제적인 어려움을 지닌 경우 건강상의 문제를 동반하기도 한다.
많은 시간을 홀로 보내면, 육체적 건강은 물론 정서적 건강의 문제까지 발생한다.
요즘은 불행히도 가족들과 한집에 살지만 '독거노인'인 경우가 많다.
넓은 집에 자식들과 살면서도 대화가 없고, 청소나 요리를 거들려고 해도
자식들의 만류를 받는 노인들은 독거노인과 다를 게 없다.

이들은 TV 볼륨도 마음껏 높이지 못한다.
가족 간 소통의 단절은 노인들을 쓸쓸하고 외롭게 한다.

그는 아무리 고민하고 노력해도 잘 되지 않는 일들에 대해 깊게
고민하지 않으려 한다고 말했다. 그럴 때는 카메라 한 대 둘러메고 목적지 없이
길을 나서, 자신을 끌어당기는 장소로 스며든다고 말했다.
나와 관심사가 갖고 생각이 비슷한 사람을 우연히 만난 건
큰 행운이 아닐 수 없었다.

그가 말하는 '나를 돌아보는 여행'에 관한 이야기는 이렇다.

"빼곡하게 쌓아 놓은 낡은 집들과 그 사이 골목길에서 만나는 들꽃,
기지개를 켜는 누렁이, 햇살 따라 흩날리는 빨래들이 반갑다.
그 길에서 만나는 많은 어르신들에게 인사를 하곤 한다.
볕이 좋아서 바람이 좋아서 담소를 나누는 어르신들을 훔쳐 담곤 한다.
찬찬히 귀를 기울여 보면 마당이 넓어서 참 좋았던
내 고향을 찾은 느낌이 들었다.
조부께서 먼저 떠나시고 적적해진 조모 댁 마당에
홀로 사시는 동네 할머니들이 모여 담소를 나누곤 했었다.
어르신들은 낯선 이를 경계하기보다는
먼저 '사진 찍는 양반인가보네.' 하고 말을 건네시기도 한다.
그러면 난 부끄러워진다. 사진이라는 것을 핑계로 기억 속의
시간을 담으면서도 사진을 찍지 못하기 때문이다.
그래도 골목이 좋다.
골목에는 낯선 이의 인사도 반겨주는 풍경이 있기 때문이다."

넷.

마지막으로 그는 타인을 돕고 싶어 하는
마음을 품고 있는 사람들에게 당부의 말을 전했다.
"당신이 지닌 따스한 마음으로 관심의 표현을 하면 좋겠습니다.
혹시 조부모님이 계시다면 자주 전화 한 통 하는 것도 좋아요.
내가 사는 동네에 힘들게 살아가시는 독거노인들을 위해 뭔가를 하고 싶으신가요?
당신의 능력은 무한하며 어떠한 것도 소중하지 않은 재능은 없습니다.
따스한 겨울을 나기 위한 연탄배달, 노인들과 말벗 되어 주기, 도시락 배달,
영정 사진 담아 드리기 등 우리에게 아주 사소해 보일지도 모르는 일들이
그들에게는 절실하게 필요한 일일지도 모릅니다. 세상엔 이런 마음을
가지고 있는 분들이 아직도 많이 계십니다.
그것이 저 또한 힘을 낼 수 있는 원동력입니다. 감사합니다."

그의 이야기를 들으며 놓치며 살았던 것과
방관하고 살았던 것에 대한 깊은 고민에 빠졌다.
나는 그를, 그들을 제대로 이해하지 못하고 있었구나 라는 생각도 들었다.
누군가와 무엇을 나눈다는 것은 어려운 일이 아니다.
따뜻한 말 한마디, 지속적인 관심. 그것이면 충분했다.
누군가를 돕는다는 것에 부담감을 가지고 있는 사람들도 있을 것이다.
하지만 그들을 위해 내가 할 수 있는 선에서 그 몫을 다하면 된다.
어려운 것이 아니다.

생각만 하고 있었던 일들을 행동에 옮기는 일,
그것이 나눔의 시작이다.

독거노인, 고아원에 도움을 주는 방법

1) 1365자원봉사 포털(www.1365.go.kr)에 회원가입(희망 지역, 분야 선택)

2) 포털사이트에 검색어 사회복지협의회를 입력하면 각 사회복지 관련분야,
사회복지시설현황을 알 수 있다.

3) 고아원 봉사자의 활동이 가능한 지역의 관할구청 및 주민센터 사회복지과의
담당자에게 문의

4) 독거노인 봉사자의 활동이 가능한 지역의 노인복지관으로 문의

모든 질문에 진심을 담아 솔직한 이야기로 소통해 주신
부산수정초등학교 교육복지사 김석원 님께 깊은 감사의 말씀을 전합니다.

골목의 담벼락,
길고양이 한 마리가 나를 바라본다.
태어날 때부터 안전한 삶의 보금자리가 없는 자신을 탓하는 것보다,
무엇이든 짓고 부수는 것을 좋아하는 인간들을 원망하는 것보다
고양이에겐 더 중요한 것이 있다.
자신의 새끼들이 천적 앞에 안전할 수 있는
공간을 찾는 것이 고양이에겐 가장 중요한 관심사다.

하루를 연명할 먹이를 찾아 인간이 내다버린 쓰레기봉투를 뜯는다.
그 안을 뒤지며 새끼에게 줄 수 있는 먹이를 찾는다.
그마저도 자신의 영역을 지키고 있는 자신의 동족 때문에 쉬운 일은 아니었다.
자신의 영역을 지키는 고양이에게 가차 없이 물어뜯겨 크게 다치거나
눈이 실명되기도 한다.

상처를 치료할 시간은 없다.
먹을 수 있는 것이라면 어떤 것이든 가져가야 한다.
애타게 자신을 기다릴 새끼들에게 조금이라도 빨리 닿기 위해……
오늘도 고양이는 위험한 몸으로 지붕을 건너고,
비틀비틀 위태롭게 담을 넘는다.

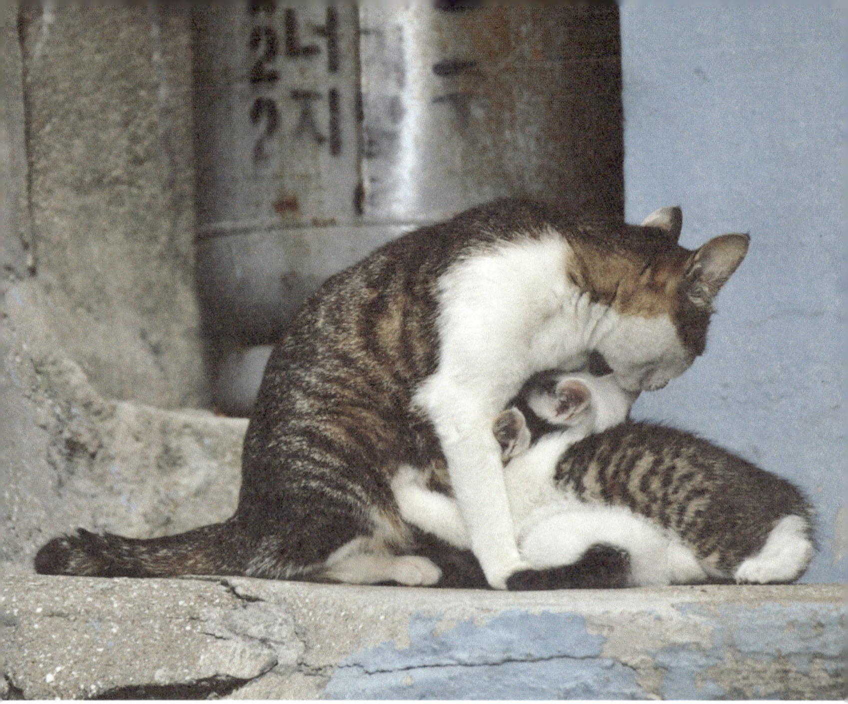

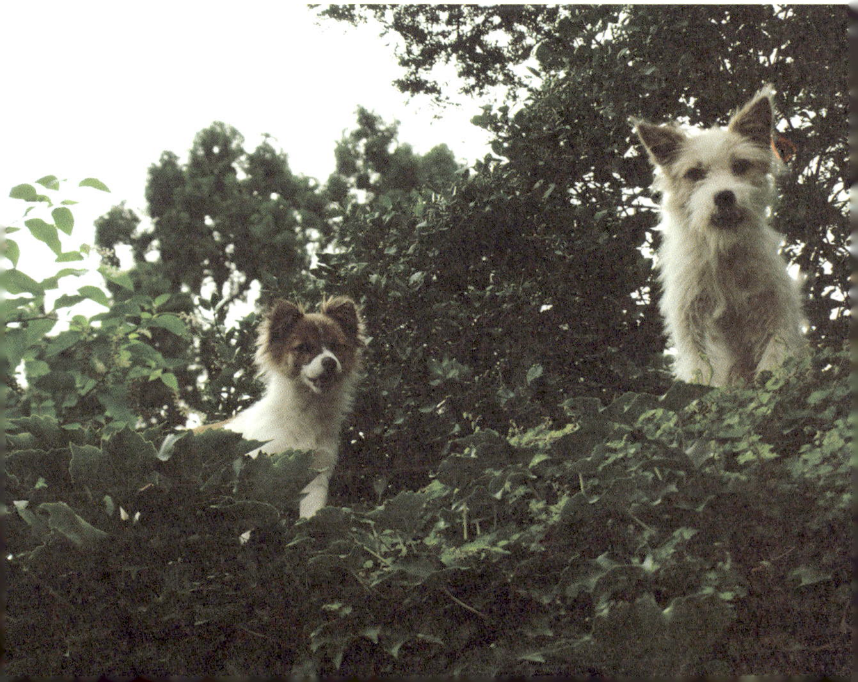

scene #18.
후유증

당신과 함께 살아온 날들 중 각자의 기억에 머물러 있는 작은
파편들은 나를 흐뭇하고 즐겁게 만들기보다,
나를 멈칫하게 하고 아프게 한다.
아픈 기억들이 더 많다는 것을 솔직하게 털어놓는다.

나는 그런 이유로,
죄책감과 어깨를 짓누르고 있는 짐을 잠시 잊기 위해 여행을 시작했다.

그래! 그런 이유였다!

그 후로 또 많은 시간이 지났다.
이제는 아픈 기억들이 선명하게 기억되지는 않는다.
그래도 드문드문 밀려와 순식간에 나를 집어삼키는 기억도 있다.
멋있게 나이를 먹는다는 것은 그러한 것들조차 피하지 않고 끌어안는 것이다.
누군가 내게 나를 가장 힘들게 하는 것이 무엇이냐고 묻는다면 잘 정리해서
이야기를 하기는 어렵지만, 질문을 피하지는 않겠다. 작은 부분이라도
설명하려고 애를 쓰겠다. 목구멍까지 올라오는 단어들을 그저 꾸역꾸역
집어 삼켰던 시절과 비교하면 내게는 정말 큰 용기가 생긴 것인가 싶기도 하다.

내가 나조차 어떻게 할 수 없을 만큼 가슴이 답답하고 먹먹해질 때
그저 빨리 흘러가기만을 바랐던 지난 시간들,
발길을 옮기면 그 순간 다시 생생하게 되살아날까 싶어서
가보지 못하고 있던 장소들.

나를 마주한다는 것은 이처럼 어려운 일이었다.

어딘가로 떠난다는 건 무엇인가를 내려놓기 위함인데,
난 하나를 내려두고 오기보단 여러 가지를 어깨에 다시 짊어지고 온다.

**나는 그 여행의
후유증에 그리움은 없었다.**

언젠가는 이 글로 끝맺음을 할 수 있는 여행을 하고 싶다.

scene #19.
나는 너를 기억하고 그리워할 것이기에

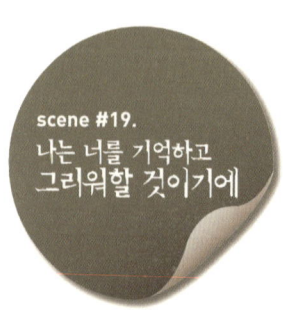

– 넌 무엇이 힘들어 날 이렇게 다시 찾아왔니?

– 미안해! 한동안 너를 생각할 수도 없을 만큼 바쁘게 살았어.
마음은 너의 대한 그리움으로 가득 차 있었는데, 용기가 없어서
시간이 많이 지나버린 지금에서야 네게 올 수 있었어.

– 미안해하지 마. 다들 그렇게 살아가잖아. 지금에서라도 찾아와 줘서 고마워.

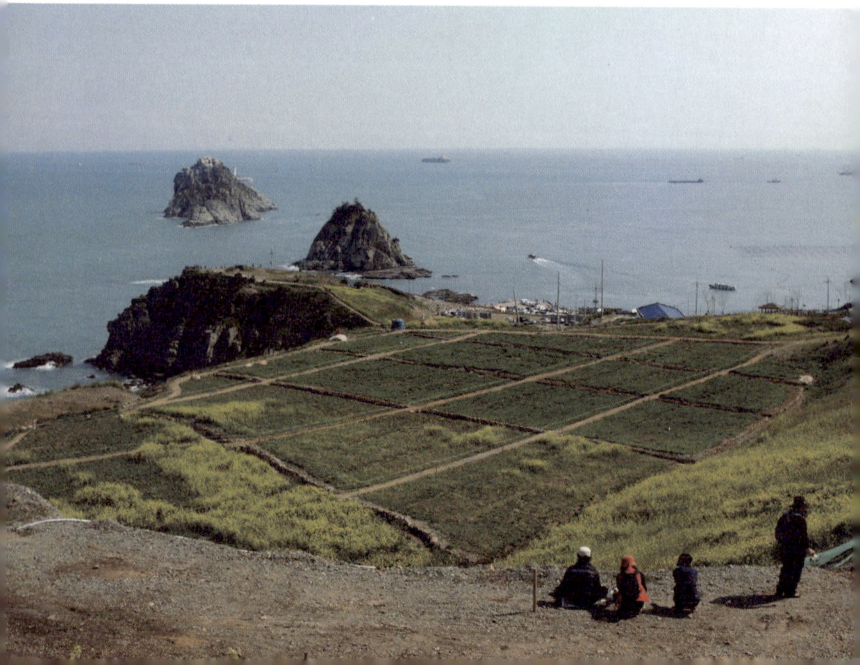

– 아주 작은 꼬마였던 너의 모습이 기억나.

– 그래? 날 잊지 않고 기억하고 있어 줘서 고마워.

– 아니야! 다시는 오고 싶지 않았을 곳인데, 용기를 내준 네가 더 고마워.
　다시 와보니 어때? 옳은 결정이었던 것 같아?

– 그런 생각까지는 하지 않았어. 다만 새로운 기분이 드는 건 사실이야.
　내가 커버린 건지……. 굉장히 넓고 큰 동네였는데 왠지 작아 보이거든.
　친구들과 말뚝박기하며 놀던 골목도, 모험을 한다며 오르던 산도 그대로 있어.
　엄마가 힘들게 지게를 지고 물을 길어 나르던 우물도 그대로야.
　지나간 기억들을 눈으로 볼 수 있는 지금이 너무나 행복해.
　나를 슬프게 한 장소였는데, 슬퍼져서 눈물이 날 줄 알았는데,
　그리워져서 눈물이 나네.

– 어릴 때 넌 너무나 우울해 보여서, 그래서 걱정을 많이 했었어.
  20년 전 네가 이사를 가던 날이 기억나. 5학년이었던 너의 모습도.
  그때 너의 단짝친구였던 효상이가 너를 보내면서 굉장히 많이 울었지.

– 나도 잊히지 않는 기억이지. 나의 두 번째 헤어짐이었으니까.
  어린 나이였지만 헤어진다는 슬픔이 아프게 각인되더라.
  난 떠나고 싶어서 떠났던 게 아니었잖아. 부모님이 이혼한 후,
  엄마의 자리가 더 그리워서 어쩔 수 없이 선택한 것이었지.
  우리 살아가다가 또 다른 내일에 만날 수 있을까?

– 그럼. 이곳은 재개발로 사라져 버릴지도 모르지만, 난 사라지지 않아.
  너의 기억 속에 언제나 그때 그 모습으로 남아 있을 테니까.
  네가 이곳을 찾지 않았던 그때에도 난 너의 기억 속에 그대로 자리하고 있었어.

– 위로를 참 멋있게 하는구나. 널 그리워해도 괜찮지?

– 그리워해 주면 고맙지.
　사라지는 것보다 잊혀지는 게 나도 솔직히 무섭거든.

– 그래, 너를 영원히 그리워할게. 그럼 잘 있어.
　난 이제 가봐야 할 시간이야.

– 그래. 잘 가고, 건강해야 돼. 우린 다시 만날 테니까.

골목과 나는 추억을 공유한 채 그렇게 아쉬운 작별을 나누었다.

지금 이 순간 몸서리치게 외로워하고 있을 당신,
너무 외로워하지 않기를.

당신이 모르는 장소에서
당신을 기억해 주고 있는 사람이 있으므로.

scene #20.
잊고 있었던
아주 사소한 기록

하나.
너는 나였고 나는 너였다.

둘.
골목이 더욱 골목다울 수 있는 건
세월의 무게를 그대로 지탱해 주는 무언가가 반드시 존재하기 때문이다.
골목은 너와 나를 있게 만들었고, 세상에서 가장 비밀스런 장소이다.

셋.
나 잠시만 여기 앉아서 쉬었다 가도 괜찮지?
이곳에서 만날 수 없다면 우리 다른 길에서 만나자.

넷.
골목은 마주하게 되는 그 모든 것들에 생명을 불어넣고, 내 자신을 돌아보는
시간들을 만들게 하고, 망각하고 있던 행복의 무게를 전해 준다.

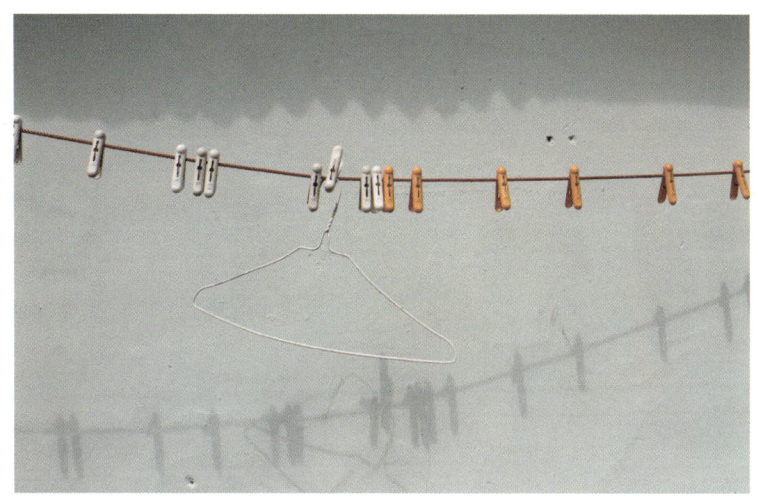

나의 존재는 무한히 복잡하고 헤아릴 수 없이
많은 만남들의 연쇄적 매듭 속에서
일어난 작은 결과에 불과하다.

잊고 있었던
아주 사소한 것들 …….

당신은 "왜 내게 이런 절망적인 순간이 다가온 걸까?" 하는
생각을 해본 적이 있을 것이다.

당신은 누군가에게 진심을 고백한 적이 있을 것이고,
당신이 가진 행복을 지킬 수 있는 능력을 바란 적이 있을 것이다.

당신은 떠나가는 것들에 대해 무력함을 느껴 본 적이 있을 것이다.

당신은 외로움에 대해 생각해 본 적도 있을 것이다.

지금까지 당신의 마음을 웃고,
울게 했던 것들에게서 영원히 벗어나진 못한다.

사랑이 힘든 것이 아니라
사람이 힘든 것이다.

타인에게로 향해 있던 사랑을,
이 순간부터 그대를 위해 나누어라.

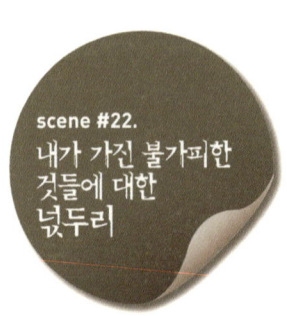

내가 가진 불가피한 것들에 대한 넋두리

처음 털어내는 이 이야기는 내 주변의 사람들에게조차 한 적이 없었던 사실들이다.

나는 대외적으로 언제나 밝고 명랑한 성격이었다.

그런데 언제부터였을까?

생각이 깊었던 건지 자존심이 강했던 건지 나에 관한 깊은 이야기들을

털어내다 보면 더 깊은 나락으로 빠져들 것만 같았다.

자신이 끌어안고 있는 문제들을 해결할 수도 없는 어린 나이이기도 했고,

말을 꺼낸다고 해서 상황이 달라지는 것은 아니라고 판단했기에

그저 침묵을 선택했다.

그 흔한 친구들과의 술자리에서조차 나는 달랐다.

나는 언제나 친구들의 이야기를 들어 주는 입장이었을 뿐, 내가 안고 있는

고민들은 절대로 얘기하지 않았다. 돌이켜 생각하면 왜 나를 아껴 주는

사람에게조차 그렇게 벽을 쌓았던 것인지 이해가 안 간다.

어쩌면 나의 그런 행동은 내 주위의 사람을 내게서 떠나가지 않게

하기 위한 처세술 같은 거였다.

공황장애가 처음 내게 찾아온 날을 또렷하게 기억하고 있다.

호흡이 불안정했고, 손발이 저렸다. 단순히 심장에서 오는

이상증상일 거라 생각하며 심전도 검사와 심장에 관련된 진료를 받았다.

하지만 몇 군데의 병원을 다녀도 심장에서는 별 이상이 발견되지 않았다.

마지막으로 갔던 병원 의사선생님이 내게 권했다.

신경정신과로 가서 상담을 받아 보는 게 나을 것 같다고.

나는 호흡이 불안정한 것이 어떻게 신경정신과와 관계가 있느냐고
되묻고 싶었지만 어떻게 해서든 이 불안한 기분과 육체적 고통을 잠시나마
잊고 싶었기에 신경정신과를 찾아갔다. 내게 여러 가지 질문을 하던
의사선생님은 공황장애라는 병의 증상이라고 말했다.
그리고 먹지 말아야 될 음식과 피해야 할 것들에 관해 설명해 주셨다.
마음을 최대한 편하게 가지라는 조언도 해주셨지만, 스물일곱까지 함께해 왔던
나의 성격과 자존심에서 비롯한 고집들을 한순간에 떨쳐낸다는 것은 불가능했다.
정신적인 부분에서 오는 공황장애는 완치라는 개념이 없기 때문에 약을
처방받기 시작하면 계속 먹어야 한다고 했다. 그래서 약 2년이라는 시간 동안
병원에 다니며 약을 처방받고 돌아오곤 했다.

그러나 그 사이에 나는 약을 끊어내고,
이 공황장애를 이겨낼 수 있는 방법을 알아냈다.
약은 항상 받아두었다. 증상이 찾아오면,
약이 있으니 좀 더 버텨 보자, 견뎌 보자……
한 달, 두 달, 세 달 약을 그대로 먹지 않고 가지고만 있었다.
그리고 나는 골목으로 떠났다.

5년이라는 시간 동안 골목을 기록했다.
쉬는 날에는 무조건 어딘가로 카메라를 메고 떠났다.
그리고 나를 위로하는 시간들을 즐겼다.
언제부턴가 혼자 조용한 심야영화를 보며 몇 시간을 투자하는 것도
하루를 고생한 나를 위한 선물임에 틀림없다는 생각이 들었다.
그래서 6년이 넘는 지금까지 나는 혼자서 심야영화를 보러 다닌다.
그리고 내가 끝내 벗으려 하지 않았던 나의 허물에 대해
진지하게 고민하기 시작했다.
더 솔직해질 필요가 있었다.
내가 살아가는 이 짧은 생의 이유에 대해 정의를 내릴 필요가 있었다.

나는 무엇을 위해 살고, 어떻게 살아야 잘 살아가는 것인가,
미련은 남을지언정 후회는 하지 않게 될 것인가를 두고
깊게 또 진지하게 생각했다.

우리는 삶에 대해 깊게 생각해 본 적이 언제일까?
나은 삶을 추구하는 모든 사람들은 이대로 행복한 것일까?

나의 여행에서 그 해답을 찾을 수 있었다.
힘든 세월을 견뎌온 사람들을 보며 깨달을 수 있었다.
몇 마디의 이야기로 힘든 세월을 정의하는 게
무의미한 것들에게서 확실해졌다.
나의 고민은 사치였다. 행복한 생활에서 그저 던져내야 할.

나의 여행은 잊고 있던 기억들을 꺼내 주었다.
어느 장소든 내게 중요하지 않은 곳은 없었다.

함께 공감하고 싶었고,
함께 힘든 시간을 나누어 고민해 주고 싶었다.
나의 보잘것없는 능력이 그들에게 어떤 힘을 줄 거라는 기대는 하지 않는다.

다만 이야기를 진심 그대로 들어 줄 수는 있다.
이야기를 가만히 들어 주기만 할 수 있어도
한층 성숙된 어른이 된 것이라 생각한다.

scene #23.
아이들의
낭만을 위하여

아이들은 피곤하다. 학교가 끝나면 정문 앞에 서 있는 학원 셔틀버스로
뛰어가는 아이들. 언제부턴가 운동장에서 흠뻑 땀 흘리며 노는 아이들의 수가
손가락에 꼽을 만큼 적어졌다. 남들에게 뒤처지지 않기 위해서 영어와 수학을
공부해야 하고, 세상이 험하니 태권도도 해야 한다.
어른들이 부추긴 세상 속에서 아이들은 지쳐 간다.
그나마 하루의 스트레스를 푸는 방법은 컴퓨터게임이다.
골목과 골목 사이를 뛰어다니며 온 동네가 떠나갈듯 떠드는 소리는 이제
반갑기까지 하다. 모두가 높게 쌓아올린 아파트 안에 갇혀 서로가 서로에게
무관심한 생활을 하고 있기에 어릴 때부터 그렇게 지내온 아이들에게
남을 위한 배려라는 것은 찾기 힘들다.
지금 우리의 부모님들은 너무나 조급하다. 아이가 조금 뒤처지더라도
무엇을 더 우선시하며 살아야 하는지 한 번 더 생각했으면 한다.
아이에게 어쩔 수 없이 해야 하는 것과 당연히 해야 하는 것의 차이를
가르쳐 주는 것이 NEAT 국가영어능력평가에 맞춰 공부를 시키는 것보다
더 중요한 것은 아닌지……
아이는 대학교를 마칠 때까지 16년이라는 시간을 학업에 정진해야 한다.

그 장기적인 레이스를 펼치는 동안
조금은 뛰어놀며 즐길 수 있게 할 수는 없을까?
서로 다른 생각과 가치관을 형성하게 만들어 줄 수는 없을까?
우리가 어릴 때 남들보다 조금 못하더라도 실패자라고 생각하진 않았다.
아이들이 실패를 하더라도 질책보다는 격려가 필요하다.

골목에서 뛰어노는 아이들,

그 아이들을 위해 내가 해줄 수 있는 건 사탕 하나 건네주며
머리 한 번 쓰다듬어 주는 것뿐.

나는 그렇게라도
골목에서 만난 아이들을 위로하겠다.

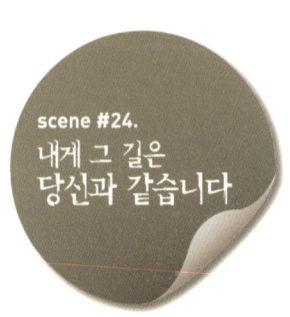

국어사전에서는 골목이란 단어를
"큰길에서 들어가 동네 안을 이리저리 통하는 좁은 길"이라고
풀이하고 있다.
골목은 많은 사람들에게 잊힐 수 없는 단어이자,
그리운 공간이다.

골목에서 자란 아이는 훗날 그곳을 추억하고,
골목에서 실존하고 있는 어른은 그곳을 벗어나기 위해 안간힘을 쓴다.
골목은 추억과 현실이 부딪치며 존재하는 곳이다.

나는 골목에서 자라나 많은 추억을 쌓아 왔고,
지금도 골목과 부딪치며 여행을 하고 있다.

나는 그저 당신과 함께 이 길을 걸었으면 좋겠다, 라는 생각을 막연하게 가졌다.
당신과 함께 이 길을 걸을 수 있다면…….
단 하루만 당신과 함께할 수 있다면…….
함께할 수 없는 현실이기에 그리움을 묻고 추억을 꺼내러 골목길로 들어섰다.

나는 지금 당신이 너무나 그립고 보고 싶다.
비가 와도 눈이 와도 햇살이 좋은 날에도 보고 싶다.

당신이기에 그 모든 것이 그립다.
닳지 않는 그리움으로, 당신을 향해 가듯 길을 걷는다.

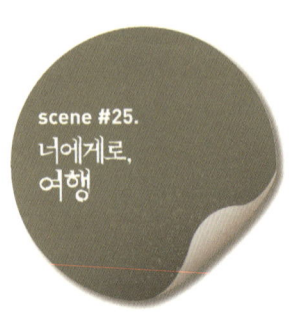

scene #25.
너에게로, 여행

두통이 밀려온다.
나를 억누르던 모든 잡념들이 나를 끊임없이 절망으로 밀어 넣는다.

생각을 버리고 내려오고 싶다.
나는 또다시 가벼운 짐을 꾸린다.
여행은 온전히 나를 위해 시간을 쓰는 것이다.

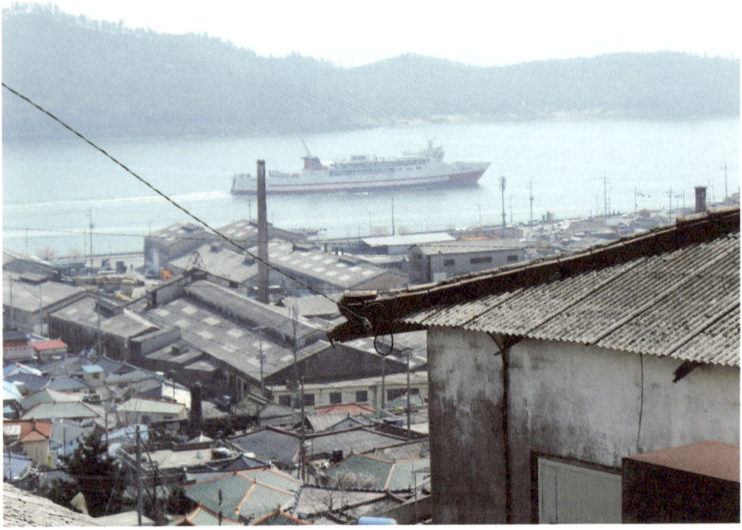

"풍경은 때로,
소용돌이 속에 휘감겨 있는
사람의 마음을 잠시 내려놓게 한다."

scene #26.
내 어머니

어머니의 사진첩엔 '내 어머니'로 불리기 이전의 또 다른 그녀가 자리하고 있었다.
나와 비슷한 외모를 가진 그녀는 자신감이 넘쳤고 그로 인해 빛이 나 보였다.
눈가의 주름을 가릴 길 없는 세월을 지나온 세상은 그녀를 달라지게 했지만,
나는 그녀를 동경한다.

그녀에게 늙어간다는 것은,
그녀에게 낡아간다는 것은,
세월을 몸에 온전히 새긴다는 것.

그녀는 세상에 태어나 여자로 살다가 엄마가 되었다.
찬란했던 그녀의 청춘은 이제 낡은 사진첩에서만 볼 수 있다.
그녀는 어린 나이에 나를 낳았고, 자신이 가진 꿈을 포기해야 했다.
찢어지게 가난했던 삶은 그녀를 지독하게 변하게 했지만,
비슷한 처지의 사람들을 보면 마음이 아파 그냥 넘어가지 못했다.
그녀는 믿었던 사람에게 몇 번의 사기를 당했고,
보증을 서 줬다 잘못되어 모든 걸 잃고 다시 시작해야만 했다.
하지만 그녀는 그 사람을 원망하기보다는 자신을 탓했다.
그런 그녀를 지켜보며 많은 것을 느낀다. 사람을 미워하진 말자.
미운 것은 사람이 아니라 사람을 그렇게 만든 상황이다.
가끔 그녀는 두통을 호소한다.
예전에는 두통약을 달고 살았다.

지난날 아픈 시간들이 그녀에게 남긴 지독한 후유증은 사람이
새겨 놓은 깊은 상처의 기억이다.

scene #27.
인생의 처음과 끝은
내 것이 아니기에

난 잘 변하지 않는 골목을 내 마음과 비교했었어.

한결같을 줄 알았던 사람의 마음도 갈대마냥 잘 꺾이고 변해.

그래서 상처도 주게 되고, 상처도 받게 되지.

내가 원한 사람도 내 옆자리를 피하기도 해.

그러나 길은 그렇지 않아.

내가 찾고 싶을 때만 찾아도 언제나 그 자리에 있지.

조금 변할 수는 있어도 사라지진 않아.

그래서 골목에게 내 마음을 다 줄 수 있었어.

따지고 보면 나도 어딘가가 병들어 있다는 소리지.

내 마음은 위로가 필요해.

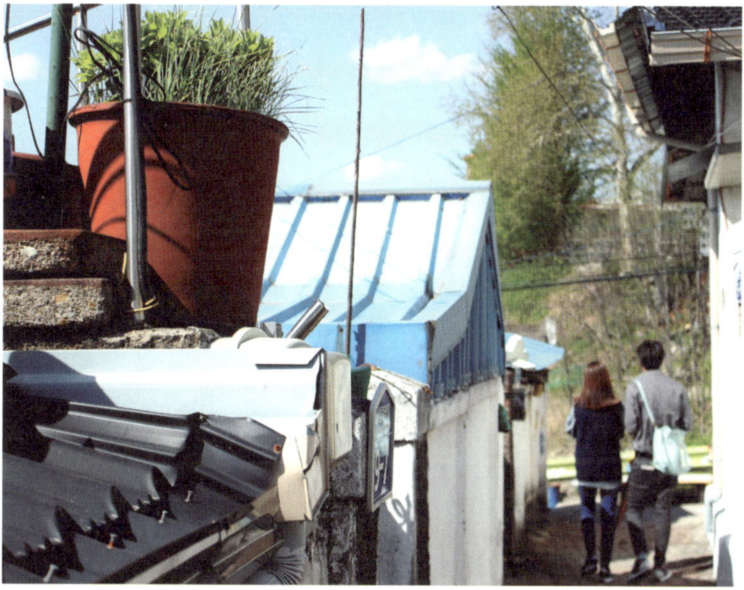

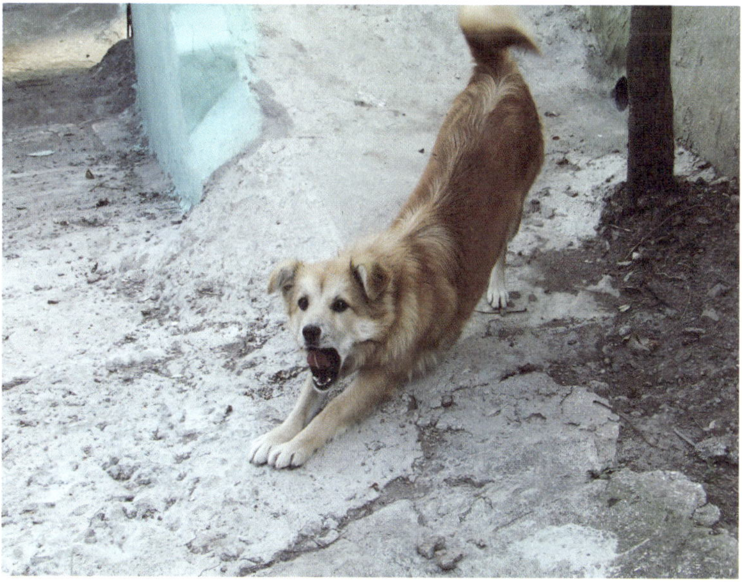

예전이라면
또 그저 그렇게 아닌 척했을 거야.

부정하기도 했을 거고. 정을 주는 대상이 사람이어야 하는데,
난 자꾸 엉뚱한 생각에 엉뚱한 행동만 하고 있어.

사람이, 그러니까……
알면 알수록 알 수 없게 되어버리기도 하고,
이해했다 싶으면 이해할 수 없는 것들에 싫어지기도 해.
그런 변덕스러운 마음을 들키는 건 무서운 일이지.

진실을 보려면 가끔 두 눈을 감아야 한다.
진실을 본다는 것은,
되돌릴 수 없는 시간을 다시 거슬러 올라가려는 의지와도 같다.

원하지 않았지만 버려진 것에
치유할 수 없는 상처를 받는다.

원해서 버린 것에도 역시 후회하고
아파한다.

우리는 간절한 바람을 이루지 못하기도 하고
뜻하지 않은 일로 고통받기도 한다.

절망은 언제나
나의 손을 꼭 붙들고 놓지 않았고,

내가 좌절할수록
나를 더 깊은 곳으로 끌어당긴다.

scene #29.
**너에게 가는
발걸음**

시대가 변하며 여행의 개념도 많이 달라지고 있다.
청춘들은 장소를 불문하고 함께할 수 있는 공간으로 모여들고,
나이 지긋하신 분들은 떠나온 고향을 찾아가듯 아날로그 향수가 물씬 풍기는
장소를 선호한다. 어차피 여행이란 발걸음이 닿은 장소에서 자신만의
행복을 느낀다면 그걸로 충분하다.

재개발이라는 단어의 의미가 이제는 달라지고 있다.
부수고 없앤다는 삭막한 의미가 아닌, 변화를 준다는 의미로 재탄생하고 있다.
공공마을 미술프로젝트 사업, 무지개프로젝트 사업 등
재개발을 표현하는 이름도 다양하다.

골목에서 뛰어놀며 시간을 보냈던 아이들이 이제는 성인이 되어 다시 골목으로
발걸음을 옮기고 있다. 그들은 골목의 벽화를 바라보며 예쁘다는 감탄보다는
어린 시절의 회상을 더 즐길 것이다.

벽의 페인트가 벗겨져도 새로 칠할 돈이 없어서 방치만 하고 있던
우리 이웃들에겐 파스텔톤 벽화가 새 옷처럼 반갑다.
그 예쁜 벽화들로 인해 버려진 듯했던 마을에 활기가 생겼다.
외지 사람들이 벽화를 보러 찾아오는 변화를 그들도 몸으로 느끼고 있었다.
하지만 모든 일에 장점만 있을 수는 없다.
우리 이웃들이 주거하는 공간이기에, 골목을 찾는 여행자들에겐 반드시
배려심이 필요하다. 밤늦게 찾아와 큰소리로 떠드는 것은 굉장히 부끄러운 일이다.
새로운 장소에서 그 예쁜 풍경에 기분이 들뜨는 건 이해하겠지만,
그런 일들이 일상이 되어 버리면 그곳에 거주하시는 분들이
낯선 여행자들을 경계하게 될지도 모른다.
따뜻하게 맞아 주지 않을지도 모른다.

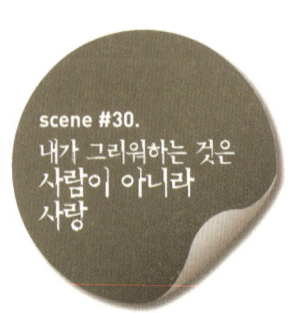

scene #30.
내가 그리워하는 것은
사람이 아니라
사랑

하나.

스산한 겨울바람, 나지막이 서 있는 내버려진 삶의 한 구석에도
못 다한 이야기는 남아 있었다. 재개발로 인해 허물어져 가는
어느 폐가 앞에서 생각했다. 우리는 너무 앞만 보고 달려온 것은 아닌지.
삶에서 중요한 것은 속도가 아니라 방향이다.

둘.

서로 다른 이름, 서로 다른 성격, 서로 다른 얼굴.
많고 많은 사람들 중엔 언젠가 나와 한 번 더 마주칠 인연이 있을지도 모른다.
평생 서로를 알아보지 못한 채 살아가기도 하겠지만.
낯선 표정으로 거리를 걷는 많은 사람들의 모습에서 나는 그들이 나만큼,
전부 외로운 사람들이라는 것을 알았다.

셋.

남과 여가 서로 사랑하고 서로 진심을 담아 신뢰한다는 것을 알 수 있을 때는
그들이 손을 맞잡고 걸을 때입니다. 손을 잡는 것은 연인들에겐
가장 작은 애정표현인데, 거리를 걷다 보면 손잡고 걸어가는
연인들을 자주 볼 수 없습니다. 손을 잡는 것은 서로를 의지하는 것.
손을 잡는 것은 체온을 서로에게 향하는 것.
우리는 불완전한 존재이기에 나를 잡아 줄 누군가가
필요한지도 모릅니다.

넷.

해가 지고 어두워지는 골목 안에 작은 불빛이 움튼다.
피곤함을 달랠 수 있는 저마다의 편안한 네모상자 안에서
달콤한 냄새가 흘러나온다.
아무리 열심히 살아도 달라지지 않는 살림살이는
이 순간만큼은 생각하고 싶지 않다.
그에겐 무럭무럭 잘 자라 주는 아이가 있고, 그를 의지하는 아내도 있다.
그들이 곁에 있기에 그는 몸의 고단함쯤은 얼마든지 견딜 수 있다고 다짐한다.
그는 '가족'이란 말을 되뇌어 본다.

다섯.

말하지 못한 사연 한둘 가지고 있지 않은 사람이 어디 있을는지요.
외롭지 않다고 생각하지 않는 사람이 어디 있을는지요.
이해한다고 쉽게 말할 수도 없고, 견뎌 보라고 쉽게 말을 건넬 수도 없습니다.
좋은 말로 위로할 필요도 없고, 이해한다고 안아 줄 필요도 없습니다.
그에게 필요한 건 가만히 들어 줄 누군가일지도 모르니까요.

나의 발자국이 그곳에 닿았다. 남길 수 없었던 흔적들,
의미 없는 몇 장의 사진으로 남게 되지는 않길 바랐다.
아무도 알아주지 않는 외로운 곳에서 나 홀로 서성이며
그때뿐이라 할지라도 내가 행복했다면 그걸로 만족한다.

현실은 나를 가만히 내버려두지 않는다.
그렇다고 특별히 괴롭히는 일 또한 없는데 세상에 홀로 서 있는 기분이다.
나는 그 이유를 알 수 없다.
변덕스러운 마음은 어느 순간 좋아하는 일도 싫어지게 만든다.
카메라를 꼭 움켜잡고, 이리저리 구도를 잡아 보아도 셔터가 기분 좋게
눌러지지 않는다. 애정이 느껴지지 않는다는 생각이 든다.
힘들게 이곳까지 닿았는데……

오늘은 이만 돌아갈까, 라고 생각했다.
괜찮아질 때까지 잠시 놓아두자, 라고 마음을 먹었다.

형식적으로 바라보고 있었을 뿐이고, 형식적으로 걸었을 뿐이다.
좋아서 하는 일도 가끔은 이걸 왜 하고 있는지 한심스러울 때도 있다.
그런 마음이면 차라리 그 시간에 좋은 영화 한 편 보는 게 낫다.

생각이 생각의 꼬리를 문다.
괜찮아질 만하면 잡념이 밀려온다.
스스로 왜 이리 복잡하게 만드는 건지…….
나이가 들어갈수록 뚜렷해지는 건 결론을 내릴 수 있을 만큼의 확신보다는
떠안아야 할 잡념이 많아진다는 사실이다.

나는 당신을 진심으로 이해하고 사랑하고 싶기에
서로 이끌어 주며 길을 걷고 싶습니다.
혼자 걷는 길은 멀고 외롭겠지만, 당신의 이야기를 들어 줄
나와 나의 이야기를 들어 줄 당신이 함께한다면 그 긴 여정은
서로에게 깊은 신뢰를 심어 줄 것입니다.

걷다 보면 오르막길도 나타나고, 내리막길도 나타날 거예요.
그게 당신과 내가 살아가야 할 세상의 모습일지도 모릅니다.
가는 길은 멀게만 느껴져도, 길의 마지막에서는 많은 감정들이
교차하게 될지도 몰라요. 나는 그런 당신에게 고생 많았다고,
열심히 왔다고 격려하고 있을 테지요. 아쉬움과 미련의 감정도 교차할 거예요.
하지만 포기했더라면 후회만 남을지도 모릅니다.

길을 걷다 보면 내게 가까이 있는 소중한 것들에 대해 생각하게 되겠지요.
잘해 준 기억보다는 못해 준 기억만이 가슴 가득 차오를 것입니다.
그 몰랐던 감정을 깨닫는 순간 당신은 아주 사소한 것조차
소중히 여기게 되겠지요.

길을 걷다 보면 포기하고 싶을 때가 찾아올지도 모릅니다.
옆에 있는 사람에게 짐이 되고 싶지 않고, 미안한 마음이 들어서일 테지요.
하지만 당신과 여정을 함께한 사람은 힘들어하는 당신의 눈물을
닦아주는 것보다 당신이 포기하는 것에 가슴이 더 아플지도 모릅니다.

우리의 삶은 길과 닮아 있기에, 인생을 살아간다는 것은 길을 나아가는 것이고,
길을 걷는다는 것은 인생을 살아가는 것입니다.
당신은 자신을 너무나 잘 알고 있다고 생각하겠지만, 길을 걷다 보면
자신도 모르고 있던 또 다른 나의 모습을 발견하게 될 것입니다.

나는 당신의 있는 그대로의 모습을 인정하고 싶습니다.

우리 이제 이 길을 함께 걸어갈 수 있을까요?

scene #33.
알 수도 없고, 설명할 수도 없는 것

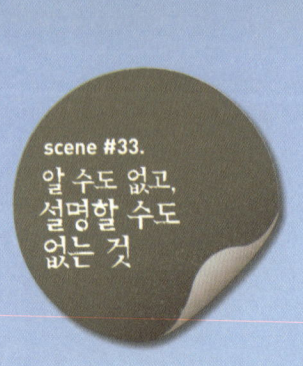

어느 인생이나 굴곡은 있다.
부지런하게 물 흐르듯 괜찮은 삶을 살아왔다고 생각했다.

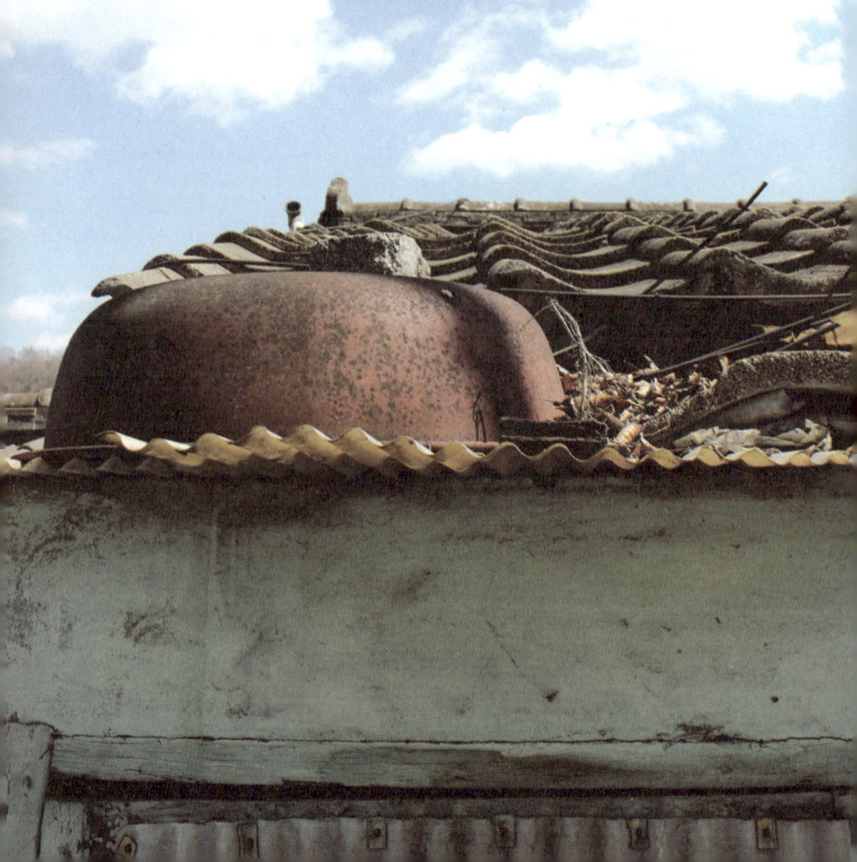

열심히 일했고, 열심히 공부했고, 열심히 놀았고, 열심히 사랑했다.
하지만 내 손에 쥐어진 것은 허탈과 공허 그리고 자책이었다.
순리에 맞게 척척 계획한 대로 진행한 것 같은데,
나만 도태되어 제자리인 것 같은 쓸쓸함.

"정말 답이 없는 고민이지?"

외로움은 그 누구도 달래 주지 못하는 것,
그래서 그저 버틸 수밖에 없는 문제. 누구에게 하소연할 것은 아니다.

대상 없는 그리움과 막연한 외로움은 누구도 견디기 힘들 것이다.
내가 너무나 당연한 것들을 당신에게 이야기하고 있는 것은 아닌가 싶다.

당신도 나만큼 외로울 수도 있는데…….

내 옆을 지켜주는 사람이 있어도 그와 관계가 없는 것들이 있다.
무엇으로도 채워지지 않는 그런 거, 말로 설명할 수 없는 그런 거,
당신도 살면서 한번쯤 느껴봤을 만한 그런 거……

그런 거 말이다.

scene #34.

변한 것은 하나도 없다

웅크리고 있던 몸을 세우고 초조한 듯 발끝에 힘을 가득 주고 있다.
이제 거의 마무리가 되어가는 여행길. 그때와 달라진 건 하나도 없다.

나는 한 바퀴 돌아 제자리에 섰다.
후회는 없다. 지금이 다시 시작할 때.
여전히 길 앞에서 설레며, 어딘가로 떠날 준비를 한다.

아무도 돌아보지 않을 때, 나는 내가 온 길을 뒤돌아보았다.
욕심은 끝이 없을 줄 알았다. 하지만 어느 시점에 도달하고 나니,
내 안에 있던 욕심과 또 욕망까지도 부질없는 것이 되어버렸다.

그래!
그럼 된 거다.

scene #35.
매일
그대와

그대가 아무 생각 없이 지나치는 것들을 제대로 바라볼 수 있다면
하루하루 당신의 삶은 즐거울 수밖에…….

당신과 인연을 맺고 싶어요.
당신이 제게 다가와 주길 기다리기보다
제가 먼저 당신에게 손을 내밀어 볼 생각이에요.
제가 당신에게 내민 손이 조금 떨리네요.

제 용기를 내버려 두지 않으시겠죠?

scene #36.
당신이
남기고 가는 것들

사진을 잘 찍는다는 칭찬은 여행자에게는 기분 좋은 말이다.
나의 블로그를 방문했던 어느 블로거가
내게 두 번 다시 듣지 못할 칭찬을 해준 적이 있다.

"당신의 사진은 당신만의 충만한 느낌으로 가득 차 있어서 당신이
이 길을 걸을 때 느꼈던 마음이 그대로 전달되는 것 같군요.
저도 이곳을 꼭 걸어 보고 싶어요."

나는 내 블로그에 어떤 목적을 두지는 않았다.
그저 차곡차곡 쌓아가는 일기장의 의미 말고는 아무것도 없다.
지금은 블로그를 자주 하지 못한다. 일상에 관련된 사진,
간혹 올리는 여행에 관련된 이야기들이 전부다.
기록들을 쌓아가는 동안 행복했었다. 70만 명에 가까운 사람들이
내가 하는 여행을 지지해 주었고, 응원해 주었다.

가끔 글의 서문을 이렇게 시작할 때가 있다.

「내 여행은 너무나 개인적인 것이며,
내가 좋아한다고 해서 다른 이에게 강요할 생각은 전혀 없다.
내가 본 것들을 당신이 본다고 하여, 나와 같은 기분을 느낄 수도 없다.
나에겐 의미인데 당신에겐 하찮을 수도 있다.
하지만 작은 것들을 세심하게 바라보는
여유를 아는 사람이라면 나의 여행에 공감할 수 있을 것이다.」

버려진 슬리퍼를 보고 있는 당신, 단순히 못 신게 되어 던져졌구나 라고
생각할지도 모른다. 만약 당신이 이별한 지 얼마 되지 않았다면,
'나처럼 버려졌구나!' 라고 생각하게 될 것이다.
당신은 그 자리에서 오랫동안 슬리퍼에 마음을 쏟을 것이다.

좋은 카메라와 좋은 렌즈는 확실히 빛나는 결과물을 창조해낼 수 있다.
하지만 애정을 가진 사물만이 감동을 준다.
똑딱이로 찍어도 애정만 있다면 감동을 줄 수 있다.
내가 생각하는 잘 찍은 사진은 그런 사진이다.

애정을 쏟아야 좋은 사진을 얻을 수 있고
자신이 원하는 사진을 얻을 수 있다.

scene #37.
그대는 아파하며
스스로 꽃을
피운다

나를 위로한다는 것, 말처럼 쉽지 않죠.
당신은 그런 것 같아요.
어느 누군가에게 의미가 되고 싶은 마음으로 충만해 있는 듯.
사랑하는 사람이든 절친한 친구이든
소중한 누군가가 힘들어 하는 것을 보면 아무것도 해주지 못해
무력감을 느끼곤 하죠.

하지만 한번 생각해 보기로 해요.
자신에게 소중한 사람이 힘들어 할 때
꼭 그 문제를 해결해 주어야지만 그 사람에게 의미가 되는 것인지요.
그건 아닐 거예요.
아무 얘기 없이 묵묵히 그 옆을 지켜 주기.
자신에게 먼저 마음을 열고 다가오길 기다려 주기.

좋은 위로의 말을 건네는 것보다 차분히 기다려 주는 게
더 어렵다는 것을 당신은 잘 알고 있잖아요.

그 길 위에서, 바다를 품은 듯 넓게 이어진 길들을 보고 있노라면,
눈물이 날 만큼 아름답다. 사람을 위해 마치 산이 그 모든 것을 내어준 듯하다.
사람은 산을 깎아 길을 만들고, 집을 짓고 살아왔다.
나는 그 도로의 정상에 서서 압축된 시간들을 내려다본다.
산복도로 위 사이좋게 엉켜 있는,
마치 산토리니처럼 생긴 이 마을을 알게 된 것은 우연한 계기였다.
6.25전쟁 이후, 피란민들이 어디로 많이 모여들었는지 자료를 조사하다가
이곳을 처음 알게 되었다. 난 3년 동안, 계절이 바뀔 때마다 이곳을 찾았다.
이제는 길을 보지 않고도 어느 장소에 무엇이 있는지 꿰고 있다.

길은 너무나 솔직했다.

어느 골목으로 들어가도 다른 길로 이어져 있었다.
굽이진 골목 위 작은 공간 하나 낭비하지 않았다.
땅을 메우고 거기에 텃밭을 만들었다.
어느 한군데 막혀 막다른 길을 내어줄 만도 한데,
이 마을의 골목은 너무나 친절하다.
먼발치에서 마을을 바라보면 마치 파랑, 주황, 노랑 성냥갑을
겹겹이 포개놓은 듯 예쁘다.

하지만 이 마을을 깊은 시선으로 들여다보면
단지 운치 있는 사진을 남기기 위한 공간만은 아니라는 것을 보게 된다.
50년대 피란민들이 이곳에 집을 지을 수 있는 허가를 받은 후,
800여 채의 판자촌으로 마을은 생성되었다.
지금처럼 튼튼한 자재가 있었던 것도 아니었던 시절.
나무판자들을 이어 붙인 판잣집, 그것이 전부였다.
그 좁은 집에서 대식구가 살기도 했고, 가족을 찾지 못한 외로운 사람들은
이웃과 더불어 살아갔다. 매서운 추위 앞에선 누구나 쓸쓸해졌고 외로워졌다.
살을 찢어 놓을 듯한 강한 바람보다도 마음을 메울 수 없다는 것이 더 큰 문제였다.
홀로 이겨가며, 언젠가는 가족들을 만날 수 있을 거란 희망을 가지며
전쟁이 끝나기만을 기다렸다.
아무리 힘들어도 이를 악물고 악착같이 살아내었다.

산복도로는 그 위엄만큼이나 길고, 얇게 잘라낸 듯이 가파르다.
마을버스를 타고도 굽이굽이 십여 분을 달려야 정상에 도착할 수 있다.
대중교통이 원활하지 않던 시절,

그들은 이곳에서 어떻게 삶을 꾸려나갔을까?

이곳을 내 발로 직접 느끼고 싶었다.
그래서 간혹 걸어서 올라갔다가 내려올 땐 버스를 타기도 한다.

지금 우리는 갈 수 있는 곳도 많고
누릴 수 있는 것들도 많다.

그런 시대에
살아간다는 것은
어쩌면 행운일 수도 있다.

나뭇가지처럼 이리저리 뻗쳐 있는 골목들을 걷노라면
삶은 너무나 고요하고 평화롭다.

항상 앞만 보고 달려왔지만,
골목을 걸으며 혹시나 놓친 것은 없는지 자꾸 뒤돌아보게 된다.
꼼꼼하게 구석구석 살펴보았다고 생각해도 항상 아쉬움이 남는다.
그래서 다시 그 길을 찾게 하는 것도 골목의 매력이다.

가끔은 산을 깎아 도로를 만들고
그곳에 집을 짓고 살았던 사람들의 단편을 들여다보자.
'나는 참 행복한 사람이구나!'라는 감정을 느낄 수 있을 것이다.
우리들은 받는 것에 익숙해져 누군가 무엇을 건네주더라도 깊게
감사하는 마음을 전하지 못했는지도 모른다.
나와 다른 세대의 이야기에 귀 기울여 본 적이 있는지,
내가 관심 가는 것 이외에 마음을 써본 적이 언제였는지,
어쩌면 내가 행복하다는 것조차 망각하며
살고 있는 것은 아닌지 묻고 싶다.

훗날 뒤돌아보면,
그 모든 것들은 공존하고 있었다는 사실을
깨닫게 된다.

scene #39.
우리를 스쳐 간
돌아올 수 없는
단어들

그곳에 닿으면 지금은 절판된 책들이 많이 있다.
그곳에 닿으면 지금은 느낄 수 없는 책이 가진 특유의 향기가 난다.
책을 읽는 사람들은 흰색 여백을 글자로 꼼꼼하게 메우고 있는 종이를 넘겨 가며
자신만의 공간으로 들어간다. 그 공간에서는 내가 주인이다.
이야기 속 비련의 여주인공은 나인 것만 같다.
그래서 책장을 섣불리 덮을 수가 없다. 또 자신의 마음을 금방이라도
울릴 듯한 문장 하나라도 발견하게 되면 가슴이 저릿하여 책을 놓을 수 없게 된다.
책을 좋아하는 사람은 그 순간의 희열을 결코 잊지 못한다.

헌책방 골목은 이런 기분들을 잘 아는 사람들이 모여드는 장소이다.
이제는 흔하게 볼 수 없는 헌책방들은 골목을 사이로
하나의 아름다운 풍경으로 비친다.

어느 책방에 들어가 계획에 없던 오래된 책 한 권을 손안에 집어 든다.
목차가 시작되기 전 빈 여백에는 사랑하는 사람을 위해 고심하며
골랐을 글귀가 보인다. 깨알같이 적어 내려간 글은 얼마나
선물할 상대방을 사랑하고 있는지 짐작하게 한다.
사랑하는 사람을 위해 고민하고 고민하며 고른 책일 텐데,
헌책방까지 매물로 나왔다는 사실에 마음이 쓰인다.
그런 책은 주저 없이 사게 된다.

헌책방은 단순히
오래된 책이 모여 있는 공간이 아니라,
사람의 기록이 모여 있는 작은 박물관 같은 공간이다.

헌책은 책장을 넘길 때 아련한 소리가 난다.
책에 배어 있는 잉크 냄새마저 향기롭다.
세월이 흘러 누렇게 변해 버린 책의 내음은 달콤하기까지 하다.

헌책방 골목을 꼭 걸어 보길 바란다.
책방 안으로 들어서면 당신이 잊고 있던 책에 대한 생각들이
새롭게 떠오를지 모른다.
딱히 떠오르는 책이 없다면 나열되어 있는 책들의 제목을 훑어보라.
그리고 자신에게 와 닿는 제목의 책을 꺼내서 펼쳐 보는 것이다.

책을 읽다가 문득 그 책을 선물하고 싶은 사람이 떠오를 수도 있다.
그렇다면 작은 엽서에 마음이 담긴 문장을 남겨
책갈피에 끼워 선물하길 바란다.
허름한 책이더라도 당신의 진심을 담은 선물이니
받는 사람도 행복해할 것이다.

당신을 향한 기억은 나의 삶과 대등하게 존재한다.
그 기억은 현재도 진행되고 있는, 자신만이 알고 있는 사적인 기록이다.

그런 이유로 「당신의 기억」이란 단어는
누구에게나 아련할 수밖에 없다.

scene #40.
슬픔은 허공으로
흩어지고

하나.

나를 품어 주던 엄마의 배 속에서 빠져나와
세상의 공기를 느끼는 순간 외로움은 시작된다.

둘.

너무나 작았던 우리들. 어른이 되면 함께 살자 했던 친구들과의
굳은 약속과 커서 무엇이 되자고 떠들던 꿈은 한 줌 모래알처럼
흩어진 지 너무 오래되었다. 물론 그저 느끼는 것만으로도,
그저 생각하는 것만으로도
그때의 꿈을 다 이룬 것처럼 느끼던 시절도 있었다.
아이 같은 시절이었다.

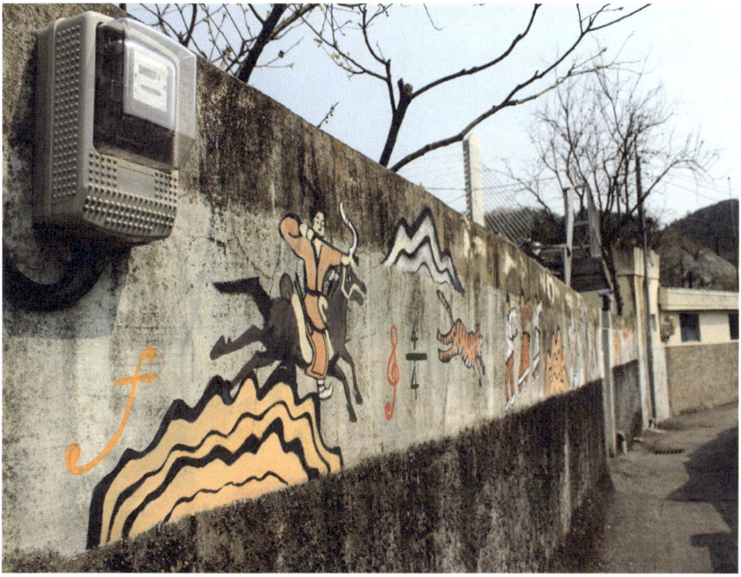

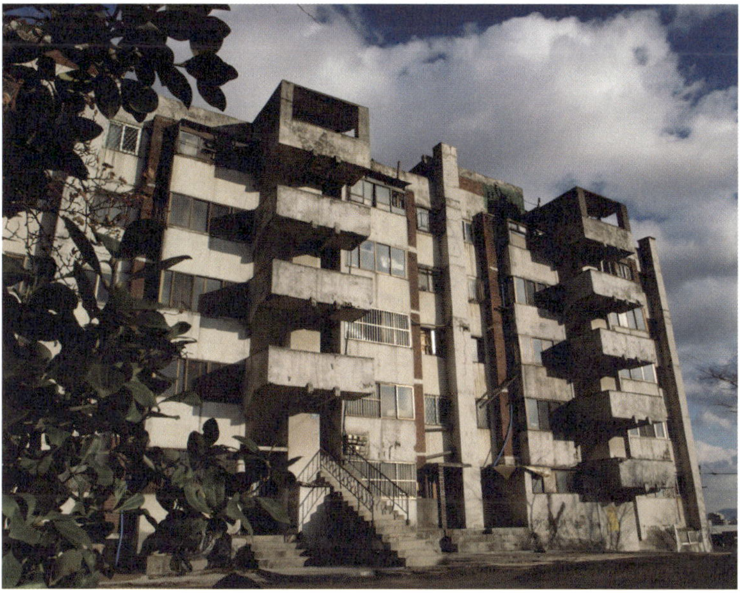

셋.

너무 많은 것들을 알아버린 지금, 폭포처럼 밀려오는 공허함을 느낀다.

한 번도 느껴본 적 없는.

십대를 지나 이십대에 접어들고, 이십대를 정리하고 삼십대를 살아가고 있는 요즘,

털어내지 못한 미련과 후회 때문에 이따금 생각의 첫머리에서 헤매곤 한다.

훌훌 털어 버리고 다시 일어나야 할 이 시점에…….

넷.

우리의 가슴속에는 잊혀 가는 것보다 묻어두는 것이 더 많을 뿐.

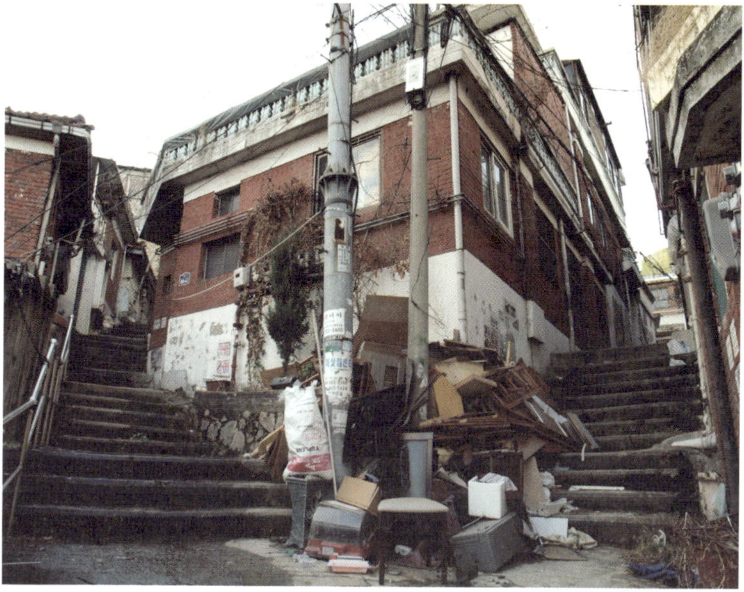

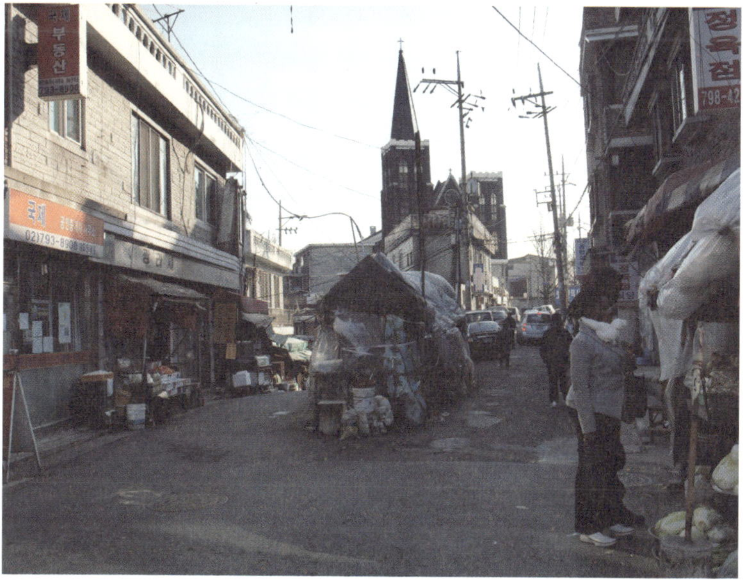
부동산
국제
(02)793-8900

시간이 머물다 지나간 자리.

잔잔하게 불어오는
바람결 사이로 흩날리는 추억.

걷다가 지치면 앉아서 쉬어 갈 곳 있고,
바람이 불면 추위를 피할 곳 있으니 얼마나 행복한 일상인가요.

생각나는 대로 가고 발길 닿는 대로 가고,
지금 이 순간 내가 원하는 대로 자유롭게 걸을 수 있으니 얼마나 좋은가요.

눈에 보이는 대로,
귀에 들려오는 대로

상상할 수 있으니 얼마나 다행스러운가요.

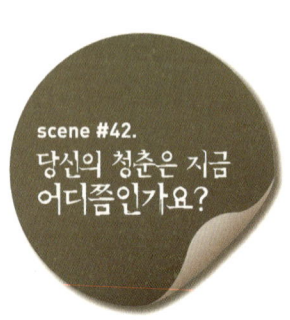

scene #42.
당신의 청춘은 지금
어디쯤인가요?

2010년 여름, 내 일생에 있어서 가장 지독한 여행을 했어.
지금 다시 한 번 하라고 하면, "흠, 글쎄." 하고 대답할지도 모르겠어.
나는 원래 그리 복잡하게 여행 계획을 세우진 않아! 내 휴가의 일주일을
이 여행에 써야겠다고 마음먹은 다음 날 바로 실행에 들어갔지.
은행에 가서 오만 원을 백 원짜리 동전으로 바꿨어.
짐에도 욕심 부리지 않았어. 속옷 세 벌, 티셔츠 세 벌, 반바지 두 벌,
청바지 한 벌 그리고 조리슬리퍼로 일주일을 버틸 예정이었지.
땀에 젖은 옷은 숙소에서 바로바로 빨아서 말릴 생각이었어.
최대한 줄인다고 줄였는데도 가방이 묵직하더라고. 동전의 무게였을 거야.
숙소도 정하지 않았어. 무작정 발길 닿는 대로 구석구석 가보고 머물고
싶은 곳에 머무는 계획이었거든. 완전 무계획으로 시작했기에
여행은 항상 긴장의 연속이었어.
일생에서 한번 해볼까 말까한 여행이었기에 이름도 거창하게 지었어.

「시내버스 타고 떠나는 객기 여행」

출발지는 부산, 목적지는 서울. 서울까지 닿는 데 3일이 걸렸어.
한참 버스를 타고 가다 마음에 드는 시골길로 접어들면 그곳에서
무작정 내려 주위를 서성거리곤 했거든.

버스를 놓쳐 다른 길로 들어서면 그곳에서 길 잃은 아이처럼 무서워하기도 했지.
날은 어두워지는데 내 몸 하나 누일 곳은 없고, 길은 가도 가도 끝이 없고.
그래서 흘러들어간 곳이 마을의 회관이었어.
무작정 부탁을 드렸지.
흔쾌히 허락해 주셔서 얼마나 감사했는지 몰라.

뜨거운 햇살 아래 먹었던 '빵빠레' 아이스크림의 달콤함은 잊을 수가 없어.
가게 앞 평상에 드러누워 산들바람도 쐬었어.
지나가는 경운기 한번 태워 달라고 해볼까 했는데, 그건 하지 못했어.
지금 생각하면 좀 아쉬워.

시간이 빠르게 흐르는 것이 아니었어.
시간을 느리게 쓰지 못했던 것은 바로 나였어.
바쁘다고 여유 없다고 피곤하다고 생각만 했지, 하루에 한 시간조차
나를 위해 온전히 쓰지 않았던 거야.
그래서 지겨웠던 거고 따분했던 거고 우울해진 거지.

나의 청춘은 십대도 아니고, 이십대도 아니었어.
시간을 온전히 나에게만 쓸 수 있는 삼십대로 접어든
이 순간이 바로 청춘이야.

나의 청춘을 멋있게 소비해야지.

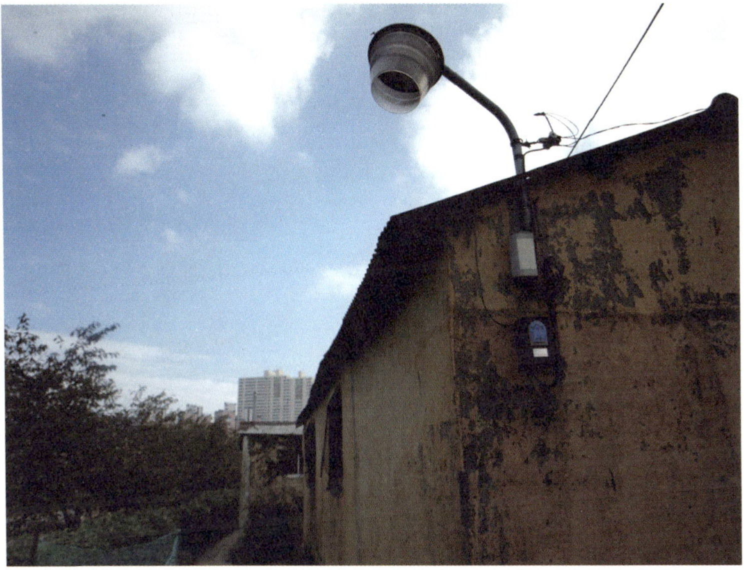

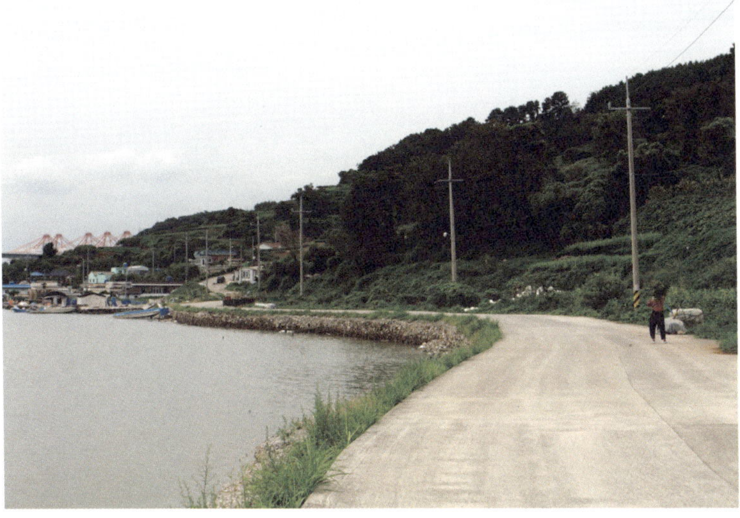

scene #43.
북촌

"낯선 이에게 말을 거는 일에는 10초간의 용기가 필요하다."
그 10초간의 용기로 인해 사람과 사람 사이의 소통이 시작되며
낯선 경계심은 어느덧 기분 좋은 만남으로 변화한다.
내리쬐는 햇볕으로 유난히 더웠던 그날,
북촌 골목에서 '움직이는 관광안내소' 팀장으로 일하고 있는
장혜윤 씨를 우연히 만났다.
그녀는 친절과 미소가 몸에 배어 있는 따뜻한 사람이었다.
그녀는 따뜻한 미소로 흔쾌히 '동행'을 허락해 주었다.
북촌에서 아름다운 그녀와 나누었던 이야기들을 당신에게 전한다.

움직이는 관광안내소는 부스 안에서 관광객이 찾아오기를 기다리는 것이 아니라,
관광객에게 직접 다가가는 적극적인 개념의 관광안내 서비스이다.
북촌과 더불어 명동, 남대문, 인사동, 동대문, 신촌, 이태원, 광화문 등
8곳에서 관광객을 맞이하고 있다.
서울시관광협회에서 운영한다.

북촌의 움직이는 관광안내소의 경우,
관광객이 많은 북촌한옥마을과 삼청동을 중심으로 이동하며
관광안내 서비스를 제공한다. 관광객에게 인사를 건네고, 도움이 필요한지를 묻고,
북촌한옥마을에 대한 설명과 경복궁과 창덕궁, 인사동과 같은 주변 관광지에
대해서 안내한다. 관광객들은 가끔 잃어버린 일행이나 물건을 찾아 달라는
부탁도 한다. 안내원들은 그런 관광객들을 친절하게 돕는다.
지도를 가지고 길을 걷다 빨간 모자를 쓰고 있는 분들을 만나면
인사를 건네고 적극적으로 물어보자.
도움의 손길을 받을 수 있다.

장혜윤 팀장은 이렇게 말했다.

여행자들을 위한 지도가 되어 주고 싶었어요.

일본어를 사용할 수 있는 일을 찾다가 우연히 움직이는 관광안내소가
있다는 것을 알게 되었어요. 평소 여행을 가면 반드시 관광안내소에 들러
안내를 받았기 때문에 관광안내가 매우 의미 있는 일이라는 것을 잘 알고 있었고,
또한 밖에서 이동하며 관광객들에게 안내를 한다는 새로운 서비스라는 형식에
매력을 느꼈지요. 그러던 차에 우연히 안내원 모집 공고를 보게 되었고,
운 좋게도 합격했지요. 어느덧 2년이 넘는 시간 동안
여행자들과 소통을 하고 있어요.

관광객 수가 가장 많은 명동에서 약 9개월,
두 번째로 관광객이 많은 북촌에서 약 4개월,
동대문 시장에서 약 7개월 동안 근무했어요.
하루에 약 200명의 관광객들을 만나는데,
단순하게 계산해도 12만 명의 관광객을 만난 것이 되겠네요.
하지만 명동에서는 하루에 300명 이상의 관광객에게 안내를 하기 때문에
실제로는 더 많은 관광객을 만났다고 생각돼요.
명동에서 처음 근무를 시작했던 날 만났던 일본인 모녀가 기억에 많이 나요.
부대찌개 음식점을 찾고 계신 50대 딸과 70대 어머니였어요.
보통은 지도에 찾아가시는 음식점의 위치를 표시해 드리고 가는 방법을
알려드린 뒤 안내를 마치지만, 관광객들이 연세도 많으시고 많이 지쳐 있었던 터라
직접 음식점까지 모셔다 드렸어요. 고작 3, 4분밖에 걸리지 않는 곳을 같이
가드린 것뿐인데, 그들은 허리를 굽히며 고맙다고 인사를 하더라구요.
그리고 기념사진까지 함께 찍고 가게 안으로 들어가셨어요.
항상 이 분들을 떠올리면 처음 내가 근무를 시작하던 마음가짐이 생각나요.

**안내원으로서 관광객들에게 정확하고
확실한 정보를 제공하는 것도 중요해요.
물론 친근하고 정성스럽게 안내를 하려는
마음가짐이 가장 중요하지요.
그게 제 철학이에요.**

저희를 잘 모르시는 관광객들은 안내원이 인사를 건네면 먼저 경계를 하고,
궁금한 점이 있어도 쉽게 물어보지를 못해요.
그래서 관광객이 경계를 풀고 안내원이 제공하는 정보를
신뢰할 수 있게 하기 위해서는 먼저 친근하게 다가가야 해요.
**그다음엔 물어보는 질문에 관해 정확하고 자세하게 전달하려는
정성이 뒤따라야 하지요.**

북촌의 골목길 구석구석을 돌아다니면서
한옥의 아름다움과 북촌의 정서를
가장 잘 느낄 수 있는 북촌 8경을 추천할게요.

북촌 8경은 원서동과 삼청동, 가회동 11번지와 31번지에 위치해 있어요.
각 지점에는 '포토스팟'이라고 적혀 있는 동판이 있어 그 동판 위에 서서
사진을 찍을 수 있어요. 많은 분들이 동판이 있는 곳만 북촌 8경이라고
생각하시지만 사실은 그 지역 일대를 모두 지칭하는 말이니
여유롭게 주변을 산책하듯 둘러보시면 더욱 좋을 거예요.

북촌에서 활동하는 안내원은 총11명(일본어 6명, 중국어 2명, 영어 3명)이에요.
안내는 언제나 즐겁고 보람된 일이죠.
군이 애로사항을 하나 꼽자면 관광객들과 북촌에 사는 거주민들의
민원이 많다는 점이에요. 북촌은 많은 관광객들이 방문하고 있는
관광지인 동시에 사람들이 실제로 거주를 하고 있는 삶의 공간이죠.
그렇다 보니 관광지가 갖추어야 할 기본적인
편의시설(주차장, 화장실, 휴지통, 상점 및 식당 등)이 부족해서
관광객들이 불편을 호소해요.
거주민들에게는 거주 지역인데도 불구하고 많은 관광객들이 몰리다 보니,
여러 가지 불편을 겪어요. 관광객들의 소음, 쓰레기 무단 투기,
단체관광객을 인솔하는 가이드의 마이크 소음, 열려진 대문 안으로 들어가
몰래 사진을 찍는 사생활 침해 등을 꼽을 수 있어요.
북촌을 방문하는 관광객들은 주민을 배려하는 여행을 해주시면 감사하겠어요.
관광객들이 겪는 애로사항은 서울시와 종로구가 힘을 모아
개선하려고 노력하고 있답니다.

여행은 사람과 풍경의 만남이며,
사람과 사람의 만남이다.

나는 항상 여행 초보이고 싶다. 궁금한 것도 많이 물어보고,
내가 좋아하는 것들에 항상 관심을 두고 싶다. 장혜윤 팀장과 동행하면서
모든 길이 항상 새롭듯 처음 마주하게 되는 사람 역시 설렌다는 사실을 알게 되었다.
그리고 여행은 배려에서 시작해야 한다는 것을 느낄 수 있었다.

북촌을 찾는 여행자들이여.
그대는 조금 더 천천히, 조금 더 여유롭게,
조금 더 다르게 그곳을 걷길 바란다.

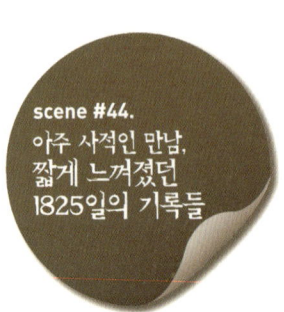

아이에서 어른으로 성장하며
드러내는 일보다 감추는 일이 당연한 듯 되어버렸다.
몸이 커져 갈수록 생각도 커져 갔고, 어린아이보다 욕심은 더 많아졌다.
남들이 전부 비슷한 형태로 사는 것처럼 그렇게 '순리대로' 살아가는 것만이
뒤처지지 않는 일이라고 생각했기 때문이다.
이제는 놓아줘야 하는 것과 다시 주워 담아야 하는 것들이 무엇인지 나는 알고 있다.
그리고 나는 예전과는 많이 다른 마음으로 세상을 살아가고 있다.

내 머릿속을 복잡하게 만드는 생각들은 닳지도 않는다.
그리움과 미련도 쓴 만큼 닳아야 할 텐데,
고민할수록 복잡해지고 엉키게 되니 도무지 소중하게 여길 수가 없다.
같은 하늘 아래, 서로 다른 인생을 살아가는 모든 사람들에게
이제는 잠시 쉬어가야 할 때가 되었다고 말해 주고 싶다.

우리는 항상 웃고 살 수도 없고,
즐거운 일들만 있을 수 없다.

지역마다 존재해 온 골목을 다니며
'1825일의 기록'을 남기는 동안 골목은 단순히
어릴 적 추억이 깃든 형태로만 보이지 않았다.
골목에서 살아온 사람처럼 나는 자연스럽게 골목에 섞이고 싶었다.
그것이 내 진정한 바람이었다.
나뭇가지처럼 엮인 골목에 거주하는 이웃들의 따뜻한 마음씀씀이에
감동을 받았던 적이 많았다. 정작 나는 그분들에게 어떤 위로도
위안도 되어 드리지 못했지만, 그들은 그 마음만으로도 감사하다며
오히려 나를 위로했다.

봄, 여름, 가을, 겨울. 시간이 흐르고 자라는 꽃이 달라지고,
자리하고 있던 물건의 자리도 달라지고 그래서 장소마다 계절마다
골목이 보여 주는 느낌은 사뭇 달랐다.

'나스럽던' 여행이었다, 라는 순간들이 많았다.

그래서 울컥 북받쳐 오르는 알 수 없는 감정들 때문에 숨어서 울기도 많이 울었다.
눈물을 잘 흘리지 않고 살아온 나에게는 너무나 놀라운 일이었다.
이것이 내가 나에게 솔직해진다는 것이었을까?
눈물이 나오면 참지 말고 흘려야 한다.
그것은 마음을 다스리는 가장 기본적인 것인데,
언젠가부터 나는 왜 울면 안 된다고 생각하며 살았는지 모르겠다.

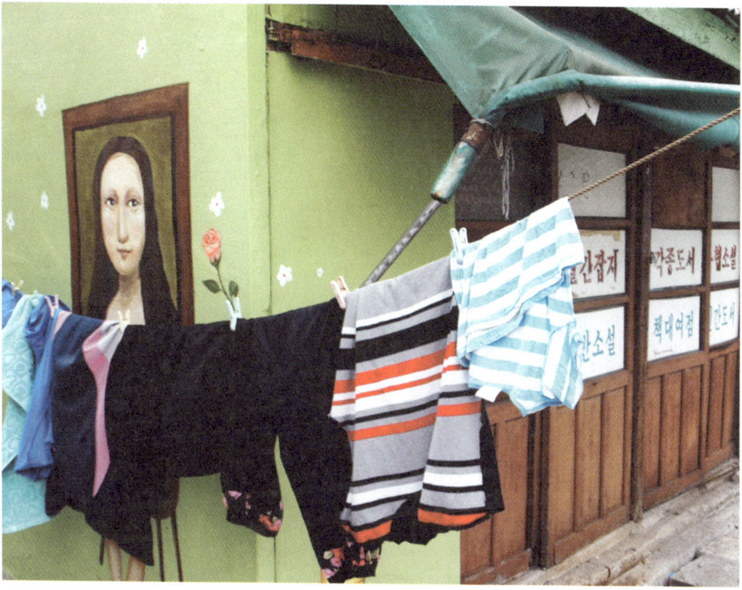
간잡지
각종도서
협소설
간소설
책대여점
간도서

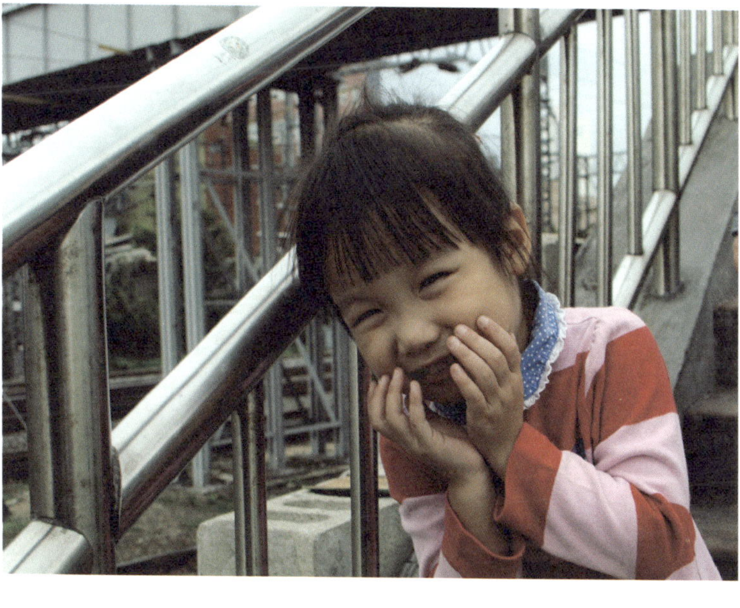

scene #45.
우리의
멜로디를 담아

하나.

그대에게 다가서는 것도, 그대가 내게 다가오길 바라는 마음도 덧없고
부질없는 욕심인 것 같기에 나는 그 모든 것을 내려놓아야 한다고
하루에도 몇 번을 생각한다.
수많은 날들을 위태롭게 살았다. 목구멍으로 밥알을 억지로 밀어 넣듯이
하루를 보내 왔다. 어떤 것을 해도 행복하다는 생각이 들지 않았다.
내게 희망은 하루살이가 맞이하지 못할 내일과도 같았다.
하지만 진정으로 그대의 행복을 빌어 주려면 이런 무지했던
나는 어떤 한 가지의 깊은 바람을 찾아야 하지 않을까?
마음이 지치고 힘드니, 내게 가장 행복했던 유년 시절이 머릿속에서 메아리쳤다.
그 메아리를 따라, 너무 가까이 있어 관심을 두지 않았던, 내가 살고 있는
동네를 걷기 시작했다. 긴 시간을 살아왔지만 나의 발길이 닿지 않았던 곳,
나의 눈길이 스쳐 가지 못했던
골목을 누비기 시작했다.

둘.

그대를 내려놓기 위해 떠났던 그 길에서 나는 많은 사람들을 만났고,
그들의 이야기를 듣고, 그들의 삶을 보았다.
가슴에 안고 살아가는 고통이 없는 사람이 어디 있으랴!
타인의 이야기를 그저 묵묵히 공감하며 들어 주는 것은 기분 좋은 일이었다.
자신이 불행한 삶을 보내 왔다고 이야기하는 사람들에게서
"나는 그래도 외로운 사람은 아니었구나." 라는 위로를 받았다.
그대를 놓아주지 못한 나의 집착과 욕심으로 인해,
그대의 행복을 빌어 주지 못하는 이기심을 이제는 제몫을 다한
물건처럼 버릴 수 있어야 한다.
의미를 던지는 모든 것들에 대한 감정들도 버려야 한다.

셋.

그대로 인해 시작하게 된 여행. 사람을 알았고,
골목에서 부는 산산한 바람에 머리카락이 날리는 기분 좋은 느낌도,
부서진 벽을 비집고 나온 잡초의 위대함도 알았다.
비밀스러움을 간직한 골목길 어귀 헤어짐이 아쉬워 남몰래 은밀한 키스를 나누던
연인들의 모습도, 알콜의 힘에 무너져 골목에서 쓰러져 있던 어느 가장의 모습도,
하루 종일 폐지를 줍고 캄캄한 밤을 주홍빛 가로등에 의지하며
리어카를 끌어 집으로 돌아가던 어느 노부부의 모습도 보았다.
상처를 받고 좌절을 하더라도 아직은 더 열심히 살아나가야 할
이유가 있다는 것을 깨달았다.
나는 너무나 쉽게 무너졌었다. 그들에 비해 내가 얹고 가는
이 고통은 사치에 불과했다는 것을 깨달았다.

그대로 인해 나는 아프지만,
그대로 인해 '이유'를 찾을 수 있었다.

진심을 담아 나눈다는 것이 무엇인지 알게 되었다.
그래서 지금 이 순간 그대에게 감사한다.
그리고 그대가 행복한 날들 속에 자연스럽게 물들어 가기를
진심으로 바란다.

바다가 품은
포구 위에서

살아가야 한다.
너는 너, 나는 나.
힘겨운 시간을 그렇게 견뎌내야 한다.

바다가 품은 포구 위에 서 있다.
물결치는 파도 소리, 필름처럼 스쳐가는 당신의 기억.
바다 위로 띄워 보내자.
너의 세상에서 나는 이미 흩어져 버린 구름 같은 존재.

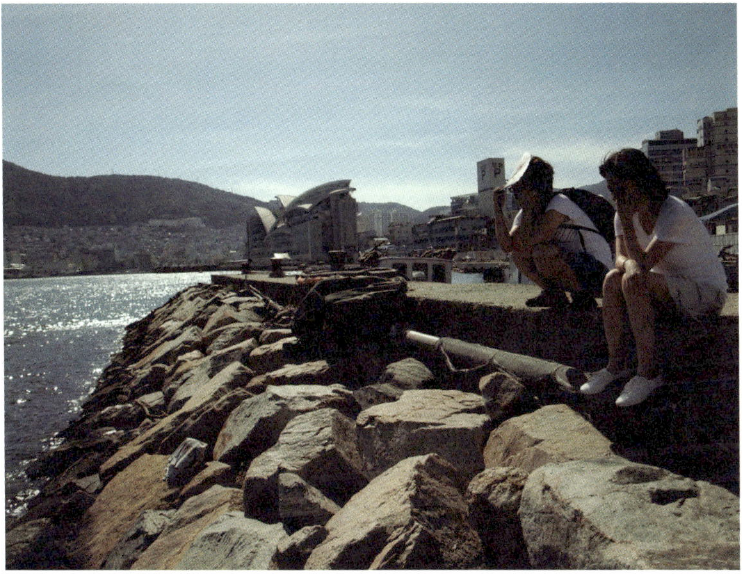

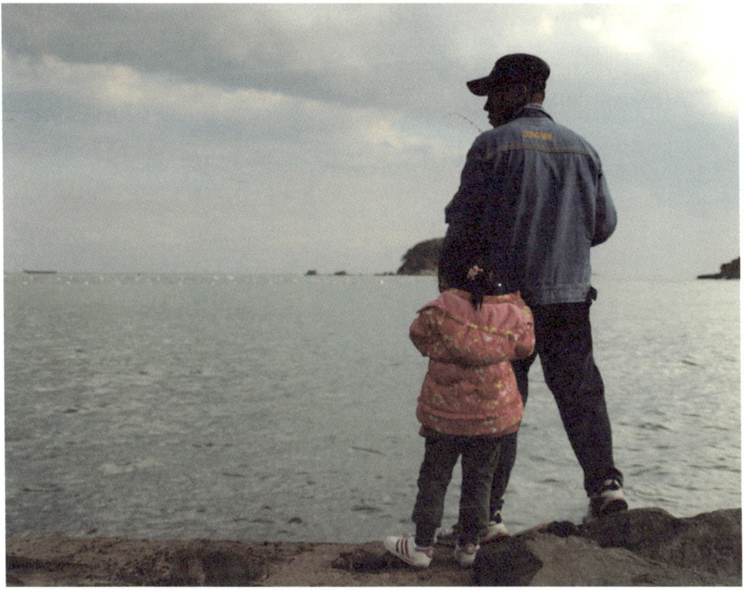

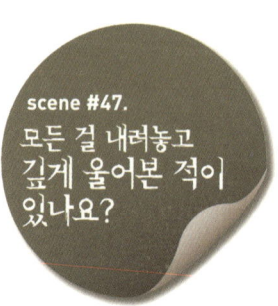

모든 걸 내려놓고
깊게 울어본 적이
있나요?

겨울이 절정에 치달아
몹시 강한 바람에 서 있기도 힘든 어떤 날이었다.
그래도 마침 한가로워서 짐을 싸고,
가고 싶었던 골목길을 찾아 발걸음을 옮겼다.
육교 위에서 내려다보이는 그 마을 앞에서
알 수 없는 소름이 온몸을 감싸며 전율이 일어났다.

세상에서 많이 소외된 풍경이 내게 주는 경이로움!

20년 동안 한결같이 들어 오던 음악이
나의 마음을 너무나 흔들리게 했다.

나는 차가운 바람이 온몸을 할퀴는 육교 위에서 꼼짝할 수 없었다.
수많은 골목을 다녔지만 이곳만큼은 왜 온몸을 다해 슬퍼졌는지
아직도 알 수가 없다.
남자가 육교 한가운데 서서, 운다면, 사랑하는 사람과의 헤어짐을
견디지 못해서라고 생각할지도 모르겠다.

그냥 이 순간만은 참고 싶지 않았다.
그럴 필요도 없었다.
우연히 마주칠 사람도 없었고, 설사 누군가 나를 보고 있다 해도 상관없었다.
지금까지 아닌 척 자물쇠를 굳게 걸어 두었던 감정을 쏟아내고 싶었다.

조용하게 한참 눈물을 흘리고 나니, 오히려 얼어 있던 마음이 녹아내리는 듯했다. 깊게 고여 썩어가던 감정들, 복합적으로 얽혀 있던 생각들이 맑은 머리로 이성적으로 생각할 수 있을 만큼 정리되는 기분이었다.

남자는 눈물을 흘려서는 안 된다고 주장하는 것은 옳지 않다. 남자는 눈물을 참는 것이 아니라 눈물을 들키지 않아야 한다. 세상살이의 고통을 온몸으로 받아내었을 당신의 아버지는 수없이 흘리고 싶었던 눈물을 입술을 깨물며 참아온 것일까?

들키지 않을 장소에서 쏟아내신 걸까?

내가 이 골목에서 눈물을 흘린 까닭은 너무나 치열하게 살아왔고,
살아가는 사람들의 모습이 눈에 아른거려서였다.
블록처럼 높게 쌓아 놓은 아파트로 인해 이제는 마을에
햇빛조차 들어오지 않게 되었다.

골목은 추억과 실존이 공존하는 곳이기에
당신을 웃게 할 수도 있고,
슬프게 할 수도 있다.

40계단
골목에 앉아서

6.25전쟁 때 대중가요에 등장한 40계단.

"40계단 층층대에 앉아 우는 나그네……."라는 노랫말로 시작되는 노래,
〈경상도 아가씨〉가 널리 불리게 되면서 40계단은 유명해졌다.
이 노래는 힘든 피난살이의 고달픔을 읊은 것이다.
6.25전쟁 무렵만 하더라도 40계단에서 영도다리를 바라볼 수 있었다.
지금은 층층이 쌓인 높은 건물들로 인해 그 시절의 풍경은
오래된 사진에서만 볼 수 있다.
피란민들은 더러 40계단에 걸터앉아 낮에는 영도다리를 바라보며
피난살이의 고달픔을 달랬고,
밤에는 부산항 북항에 정박해 있는 배들이 휘황찬란하게
밝히는 불빛을 보며 고향에 대한 향수를 달랬다.
내가 그 광경을 직접 보지 않았어도,
내가 그 힘겨운 시대를 살아내진 않았어도
얼마나 치열한 삶이었는지 가슴이 먹먹해질 만큼 와 닿는다.

사람들이 관심 갖고 살아가지 않는 그런 공간에도 역사는 존재한다.
그것은 사람이 남긴 기억보다 더 짙고 사람이 앓는 상처보다 더 깊다.
어느덧 관광지로 거듭나 버린 40계단은
그 의미가 확연히 달라져 버린 것이 사실이다.
영화 촬영지로 각광받기 이전부터 40계단은 많은 사람에게 사랑받는 장소였다.
각 지역에 있는 여행지를 찾을 때, 그곳이 어떤 유래로 생겨났으며 어떻게 존재하고
보전되어 왔는지를 미리 알고 간다면 조금 더 멋있는 여행이 될 것이라는
생각을 해본다. 40계단에 오르며 자신의 몸보다 더 큰 물항아리를 지고 오르는
할머니를 생각해 본다면 40계단의 의미는 또 달라질 것이다.

당신에게 그곳을 더 알아가고 싶다는 생각이 든다면
당신은 그곳을 온몸으로 품은 것이다.

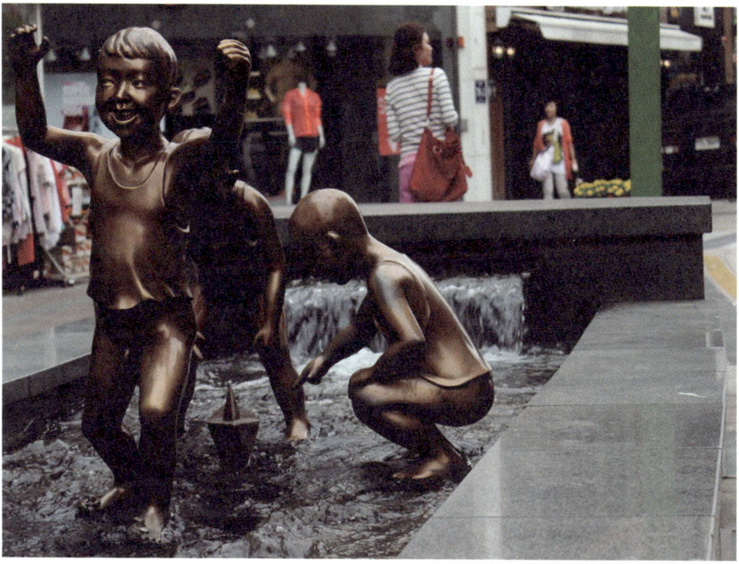

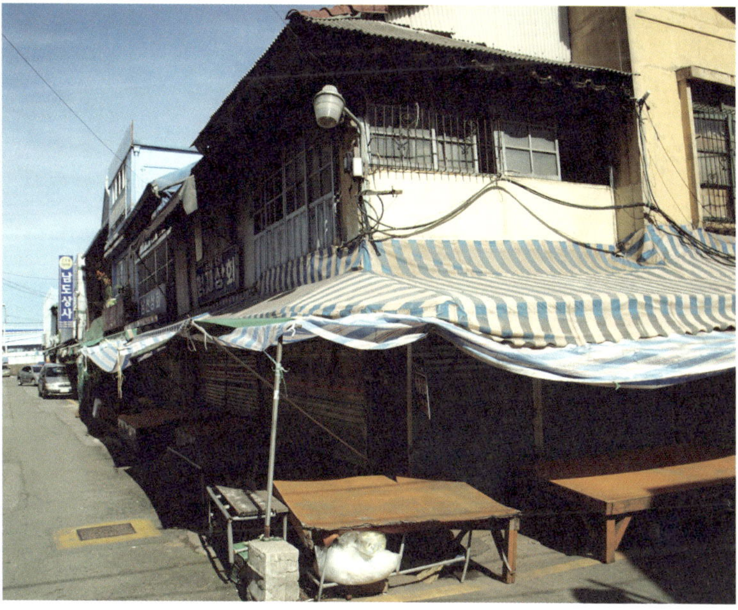
남도상사

막연한 걱정들로, 막연한 두려움에 부딪쳐 해볼 엄두가 나지 않았던 적이 있었다.
안 좋은 일들은 한순간에 찾아왔다. 각자의 나이에 맞는 고민만을 할 수 있으면
얼마나 다행스러운 일이겠느냐만, 내 경우에는 그렇지 않았다.

피할 수 있는 방법이 있었더라면 쥐구멍에라도 숨어 들어갔을 것이다.
이때 처음으로 자살에 관해 생각했다. 하지만 부모에게 불효하는 것이기에
생각에서 그치는 정도로 끝냈다. 조금만 내 생각이 짧았더라면 한순간에
실수를 할 수도 있었다.

우연히 랜터 윌슨 스미스의 〈이것 또한 지나가리라〉라는 시를 보게 되었다.
이 한 줄의 문장은 나를 끊임없이 되새김질하게 한,
인생의 멘토 같은 문장이다.
일상에서 일어난 일들은 한순간에 없었던 일처럼 바뀌진 않는다.
아무리 노력한다 해도 사춘기 소년인 내가 할 수 있는 일은 없었다.

내 손이 닿지 않는 부분의
고민이기에.

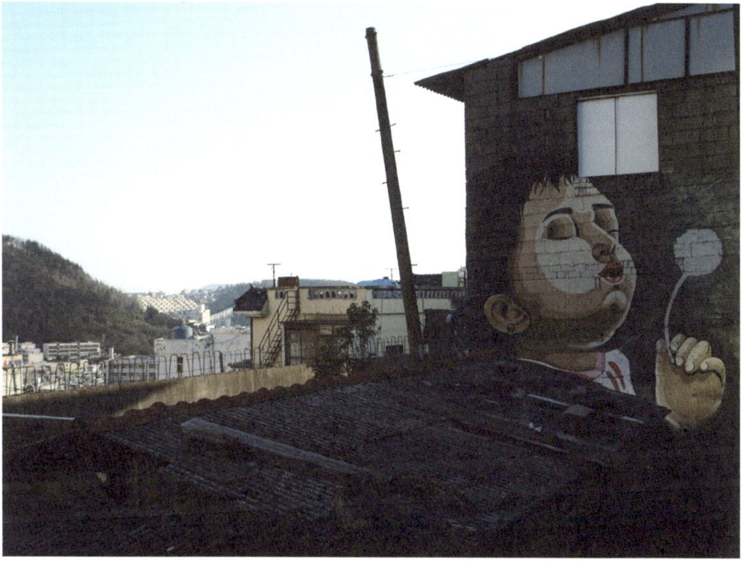

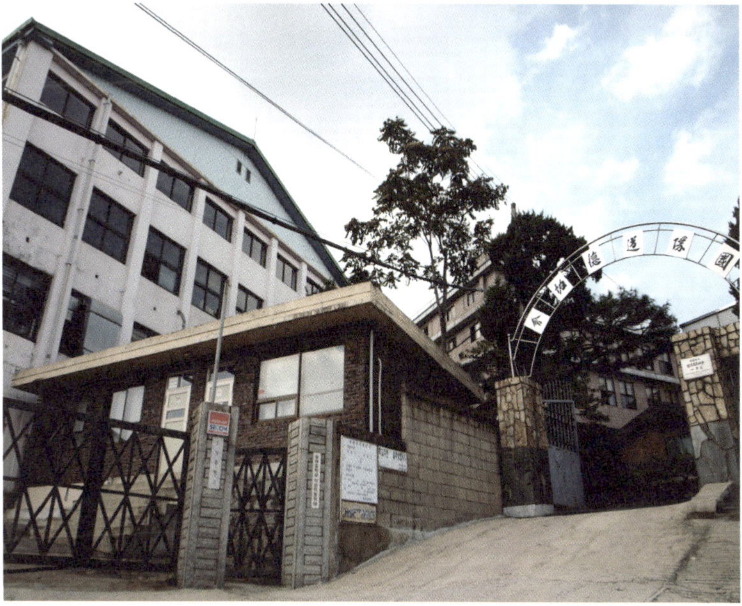
德 道 隊 國

정체성의 고민을 하던 소년이 어른이 되고부터는 그 상황이 이해되기 시작했다.
원망과 미움은 "그래, 차라리 잘된 일이야." 하며 누그러졌다.
그래서 나는 '평범하다'는 말에 자주 집착한다. 평범하게 살지 못하고,
왜 하지 않아도 될 고민에 괴로워하는지 스스로에게 종종 묻는다.
그 고민들로 인해 나는 이렇게 괴로워야 하는 것일까? 라는 생각도 많이 해보았다.
그 고민들은 이룰 수 없는 꿈을 소망하는 것보다 더 잔인했다.

'청춘'이라는
그대들에게 말해 주고 싶다.

한없이 자신을 원망하고, 자책하지 마라.
아파하는 자신을 다독여 주고 위로해 줘라.
꼭 여행이 아니어도 좋다.
십 년 후의 모습을 떠올리며 지금 내가 할 수 있는 것에서
최선을 다했으면 한다.

열병처럼 나를 찾아오는 풀리지 않는 고민들은 살아 있는 자만이 맛볼 수 있는 것.
그것은 목구멍에 닿자마자 화끈거리기 시작하는 독한 술과도 같다.
삼켜 버리면 그만이다.

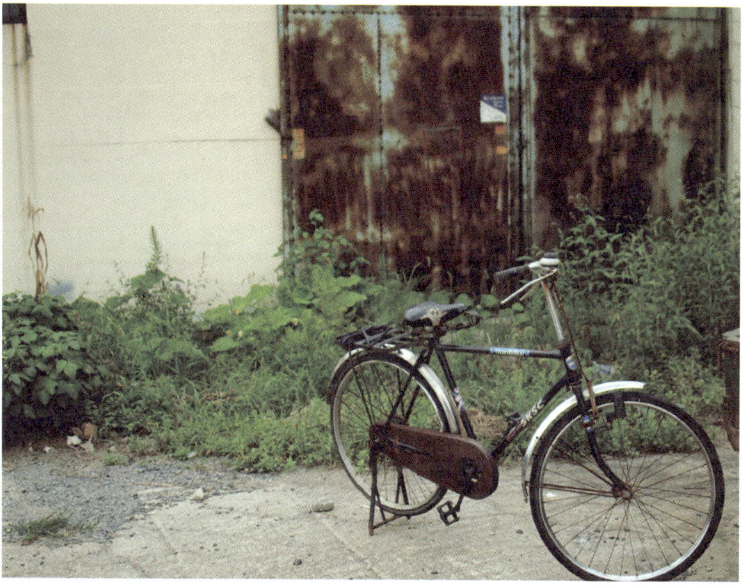

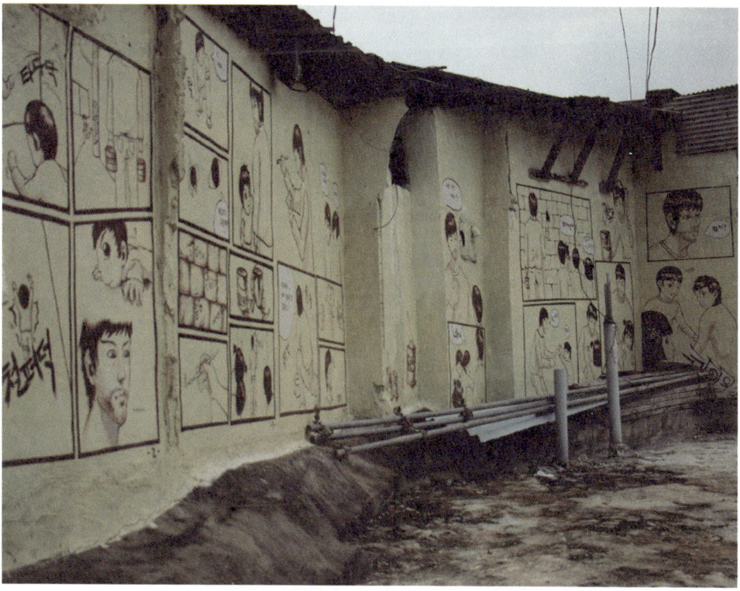
타닥

하나.
그대여 너무 외로워하지 마라.
그대여 너무 괴로워하지 마라.
당신이 외로움에 몸서리치는 동안에도
그 누군가는 당신을 그리워할 것이다.

둘.
숨이 멈추기 전까지 수많은 번민과 고뇌를 감당해 내야 하는 것이
각자가 선택할 수 없는 것이라면
나는 그것들을 주어진 대로 받아들이고 인정하며 살아야지.
금방이라도 숨이 멎을 만큼 아파도
살아왔고, 살아지고, 살아갈 것이다.
그것이 상처를 견디는 나만의 결론이다.

셋.
너를 사랑한다.
너를 사랑했다.

끊임없이 걷다 보니 말로 꺼내지 못한
너를 향한 아쉬움과 미련들을 털어낼 수 있게 되었다.

감사한다.
그리고 꼭 한번은 진심을 담아 해주고 싶었던 한마디
나는 너를 온몸을 다해 사랑할 것이다.

넷.
있었던 일을 없었던 일로 하고 살아가는 게
얼마나 안 되는 일인지 잘 알면서도
어쩔 수 없이 묻어두고 살아갑니다.

scene #51.
아픈 장소는 더 오랜
기억으로 남는다

군대를 갓 제대한 후 혈기왕성했던 나의 스물넷,

친구의 어깨너머로 알게 된 여자아이가 있었다.

휴가 때 친구와의 술자리에서 한 번 만난 적이 있었다.

말 몇 마디 섞어본 적 없고, 별다른 기억도 없는 여자아이였다.

그런데 제대한 뒤 내 핸드폰 번호를 어떻게 알았는지 어느 날 불쑥 연락이 왔다.

여자아이는 내게 아르바이트 이야기를 꺼냈다.

그 무렵은 IMF가 터진 지 3년이 넘지 않은 시점이었다.

모두가 힘든 시기였고, 나락으로 떨어지는 이들도 많았던 때였다.

하지만 2년 2개월이란 시간을 견디고 제대를 한

나에게는 마음먹은 대로 다 이룰 거라 믿던 시기였다.

나는 부모에게 의존적이던 모습에서 벗어나 학비 정도는 스스로 벌고 싶었다.

그런 나에게 여자아이의 전화는 구원의 손길이었다.

여자아이는 일을 하기 위해선 5일 동안 의무교육을 들어야 한다고 했다.

일을 하기 위한 당연한 절차라고 생각했기에 대수롭지 않게 여겼다.

자신의 작은아버지가 운영하는 곳이라고 하니 크게 의심할 일도 없었다.

게다가 한 달 아르바이트비가 120만 원, 당시만 해도 큰돈을 준다는데

거절할 이유가 없었다. 나는 집에 사정을 말씀 드린 후, 경비 20만 원과 짐을 꾸려

곧바로 서울로 향했다. 서울역에 도착하니, 여자아이가 마중 나와 있었다.

그 여자아이를 따라 버스를 타고 오래 달렸던 것 같다.

서울에 대해서 하나도 몰랐던 나에게 버스 안에서 바라보는

서울의 풍경은 웅장하기만 했다.

거리를 걷는 사람들조차 굉장히 신기하기만 했다.

30여 분 후에 버스정류장에 내렸던 것 같다.

여자아이는 나를 낡은 3층 건물의 지하로 이끌었다. 출입문을 열고 들어서는 순간,
나는 소름이 돋았다. 100여 명이 넘는 또래의 청춘들이 40평 남짓한 허름한
사무실 안에 작은 원을 그리듯 나뉘어 앉아 있었던 것이다. '다단계'였다.

매스컴에서 다단계 이야기를 자주 들어봤지만, 이런 일이 나에게 생길 거라고는
상상도 하지 못했다. 그 짧은 순간 머릿속으로 수많은 생각들을 했다.

당장 짐을 들고 다시 부산으로 가야 하나? 그럼 이 여자아이는 어떻게 되는 거지?
그 순간에도 나는 여자아이 걱정을 했다. 내가 휙 가버리고 나면
나 때문에 피해를 입지 않을까 염려스러웠다.

처음 그 사무실에서 내가 한 일은 의무교육 5일에 관한 사항에
사인을 하는 일이었다.

그 이후, 일을 하든지 안 하든지 결정하면 된다고 했다.

의무교육 5일은 이렇게 사람을 묶어두기 위한 절차였다.

무거운 짐을 들고 상경한 첫날인데도 휴식도 취할 수 없었다.

나는 팀장이라고 지칭하는 여자에게서 본인의 한 달 월급이 400만 원이라는
자기 자랑을 들어야 했다.

그 하루는 내게는 시간이 멈춰 버린 듯 너무나 길었다.

첫날 교육을 그렇게 마무리하고 숙소로 향하는 길,
높은 언덕을 버스가 이리저리 올라가는 사이,
나는 의무교육 5일을 어떻게 참아낼 것인지에 대한 고민에 빠져 있었다.

숙소에 도착한 후, 나는 반짝반짝 빛이 나야 할 청춘들이 이곳에서 왜
빠져나갈 수 없는지 알 수 있었다. 10평 남짓한 숙소에서는 남자 넷, 여자 넷이 함께
동거한다. 식사는 공동으로 한다. 그 숙소를 책임지는 책임자도 한 명 있다.

책임자는 숙소를 빠져나가는 사람들을 방지하려는 목적을 가진 사람인 듯했다.

숙소에는 세탁기도 없어서 빨래조차 불가능한 듯 보였다.

최소 5일은 참아 주자고 다짐하고 다짐했건만,
다음 날 교육에서 나는 그만 폭발하고 말았다. 팀장과의 개인 면담에서
팀장은 나의 대해 이것저것 캐묻기 시작했다.

나의 꿈이 무언지를, 가족사와 아주 사소한 것들까지 말하게 했다.

그녀는 흰색 A4 용지에 성의 없이 나의 기록들을 끄적였다.

그 이후 자신의 자랑이 시작되었다.

자신도 나처럼 처음엔 어리둥절했지만 이 일을 하면서 연봉이 얼마만큼 늘었는지를 나에게 주입시켰다. 그 일방적인 주입이 나를 한순간에 터지게 하고 말았다.

"당신 연봉이 얼마가 되었든 나와는 상관없는 일이고,
나는 내가 힘들게 고생한 만큼 주어지는 대로 만족하고 살겠다."

상황을 수습하기 위해 나를 이곳에 소개한 여자아이가 달려왔다.

"내가 네 걱정이 되어 5일 동안은 교육을 참으며
받아 주려고 했지만 이건 정말 아닌 것 같다.
나는 오늘 당장 짐을 가지고 부산으로 내려가겠다."

나는 이렇게 선언했다.

그 여자아이는 아마도 그곳에 천만 원이 넘는 빚이 있었던 것 같았다.

처음 그곳에 발을 들여놓으려면 다단계 회사에서 제시하는 물건을
대출을 받아서라도 구매해야 했다.

그 대출금을 갚기 위해 다른 사람을 이곳으로 끌어들여 다시 그 물건을 사게 한다.

빚이 만들어 낸 악순환이 반복되는 것이다.

자신이 연락할 수 있는 모든 지인들의 전화번호가 적힌 수첩과 그 지인과
통화하는 방법이 적힌 A4용지도 있었다.

모든 대화는 그 사람의 성향에 맞춰 짜여 있고,

그 시나리오를 토대로 진행이 되는 것이다. 이 상황을 알고 나니,

그 여자아이가 더 괘씸했다. 처음부터 계획적으로
나를 이곳으로 끌어들인 것이었으니까.

숙소에 도착해서 나는 짐을 꾸렸다.

책임자가 나를 붙잡았다.

의무교육 5일은 채워야 한다면서. 아마도 태어나서 그렇게 불같이 화를 냈던 일은
내 기억으론 없었다. 나는 거의 그 사람과 싸울 태세였고, 한번만 더 나를 붙잡으면
정말 폭발할 것 같으니 나를 그냥 놓아 달라고 했다.

나는 그렇게 이틀 만에 그곳에서 빠져나와 부산으로 돌아왔다.

치솟는 화를 주체할 수 없었지만, 그 여자아이가 걱정되는 건 어쩔 수 없었다.
빚 때문에 그 악순환을 다른 이에게 되풀이하고 있으니…….
한 달쯤 지나서야 그 여자아이에게 다시 전화가 왔다.
나는 그 여자아이를 설득할 수 없었다.
자신이 좋아서 하는 일은 누구도 말릴 수가 없었다.
남들이 아무리 잘못된 길이라고 말해도 귀에 들어오지 않는 법이니까.
그 통화가 그 여자아이와의 마지막 통화였다.
지금도 돌이켜 생각하면, 쉽게 돈을 버는 방법은 없다.
여전히 나는 돈은 사람답게 벌어서 사람답게 써야 한다는 생각에 변함이 없다.
다단계 회사로 인해 상처를 받고 커다란 빚에 억눌려 그곳에서
빠져나오지 못하는 청춘들이 지금도 많다.
돈이 없으면 안 되는 세상, 누구보다 많이 벌어 잘살고 싶어 하는
마음에서 비롯된 욕심이 우리의 청춘을 깊은 나락으로 빠트리고 있다.

**어른이라는 이름으로 의욕만 앞섰던
스물넷의 청춘은 세상의 다른 면을 그렇게 깨우쳤다.**

scene #52.
내 시선 너머
당신이 있다

여행이라고 하면 어떤 것이 생각나니?

지금까지와는 다른 세상을 만난다는 것.
꼭 먼 곳으로 떠나야 한다는 것.
또 다른 세상을 보며 내가 발견하지 못한 숨겨진 자아를 찾게 된다는 것.
그 뜻을 풀이하자면 무궁무진할 거야!

여행이란 거리도, 장소도 상관없이
어떤 새로운 것들을 구석구석 찾아볼 수 있는
여유를 즐기는 거라 생각해. 온전히 자신만을 위해
시간을 보내는 것이라고 생각해.

시간을 즐기는 것 말이야!

내 귀에 꽂은 이어폰에선 내가 좋아하는 음악이 반복되어 흐르고
그 음악을 들으며 멀쩡한 다리로 이곳저곳 누비고
눈과 뺨을 통해 불어오는 바람을 느끼고
머리 위로 쏟아지는 햇살을 맞으며
한순간, 한순간에 나도 모르게 동화되어 가는 것.

떠나기 전의
설렘과 흥분만으로도
여행은 시작된 거야.

뭔가
의미심장하게
들리니?
너에겐 이미 이 모든 걸
시작할 준비가 되어 있어.

scene #53.
재개발,
곡선 위의
길을 걷다

거미줄처럼 휘감긴 골목들을 걷다 보면 공사가 진행되다
멈추어 흉물스런 모습으로 남은 장소들과 종종 마주친다.
몸의 절반이 잘려나간 듯, 이곳에 깃들어 있던
사람들만의 흔적이 부분적으로 남아 있다.
거리를 떠돌던 고양이들은 위험 가득한 공사구역에서
생존을 위한 터를 잡는다.

아직도 그 장소를 지키고 있는 많은 사람들과 이야기를 나누면서
여러 감정이 교차했다. 그들은 그곳을 삶의 버팀목으로 살아왔다.
4평에서 5평 남짓한 공간에서 뼈를 깎고 살을 에는 듯한 삶을 살아온
그들을 위한 보상은 과연 몇 푼 안되는 돈이 전부인 것일까?

물론 하루라도 빨리 이 지긋지긋한 곳에서
벗어나고 싶어 하는 사람도 있었다.

'재개발'이라는 말의 의미가 내겐 정감 있게 다가오는 부분이 없다.
재개발 구역에서 용역깡패들이 사람들을 무차별 구타하고,
혈흔이 낭자한 전쟁터 같은 모습을 만드는 광경을 각종 매체에서
심심찮게 보았기 때문인지도 모른다.
그곳에서 살지 않았던 나는 그들의 불평불만을 모두 받아들이기 힘들지도 모른다.
한 가지 분명한 것은 '재개발'은 이익을 추구하는 사회에서 살아가는
나와 그대들에게 어쩔 수 없이 적용되는 일일 수도 있다는 것이다.

아무것도 없는 황무지를 개척한 것도 사람이며,
집과 집 사이를 이어 주는 골목길을 만든 것도 사람이다.
사람이 만들었기에 사람에 의해 사라질 수도 있다.

2년 전 울산 남창역의 '일본인 막사'를 부수는 현장을 보았었다.
일제강점기의 흔적을 없애고 싶은 사람이 많았을 것이다.
하지만 아픔으로 지어진 건물에도 사람의 흔적과 역사가 깃들었는데,
꼭 부숴야만 했는지…….

이익이 된다고 해서 모든 것을 부숴 버릴 권리는
과연 누구에게 있는 것일까?

재개발에 웃는 사람도 우는 사람도 모두가 똑같다.
우리 모두는 더 나은 삶을 바라고, 행복해지길 바라며,
더 편안한 생활을 추구한다.
나와 그대를 더 편하게 이어 주는 것들이 많아졌는데,
내 삶은 왜 이리 불편함 투성이일까?

나는 왜 이 새로운 것들에 익숙해지지 못하는 것이며,
왜 이렇게도 외로운 것일까?

scene #54.
여행을 돌아보는
하루

나는
거창한 개념으로 여행을 하는 건 아냐.

사람들은 이해하지 못했어. 그 먼 곳까지 가서 유명한 관광지보다
왜 허름하고 낡고 위태로운, 사람이 잘 들지도 않는
골목을 헤매고 다니느냐고 물었지.
그럴 때마다 선뜻 대답하고 이해시키는 것은 무의미한 것 같아.

내가 좋아하는 것을 다른 사람에게
이유를 나열해 가며 설명할 필요는 없잖아.

"나에겐 나만의 이유가 있기 때문이다."라고 말하면 충분할까?

그런데 좀 이상해.
그런 질문은 사랑하는 사람이 "나를 왜 사랑해?"
하고 묻는 것처럼 느껴졌거든.

5년이라는 짧지 않은 시간 동안 골목에 집착했던 건
추억 찾기에 연연했기 때문이야.
친구들과 뛰어놀던 기억들을 되살려보는 것도 좋았고,
골목에서 조우하게 되는 것들에 대해 의미를 가져 보는 그런 여유로움도 좋았지.

하지만 그런 것만으로는 이 여행을 오래 할 수 없었을 거야.
더 이상 외롭지 않을 만큼의 지독한 외로움을 즐기는 게 가장 좋았어.
나의 마음을 움직이는 풍경이 골목 안에 있었고,
골목에서 우연히 만났던 사람들과의 소통이 나에겐 큰 의미가 있었지.
그래서 나는 매번 길을 떠나야 했고, 길 위에서 헤매어도 행복했어.
난 끝내 길을 찾지 못하고 헤매더라도,
내가 보고 싶었던 것들을 보지 못하더라도 이 장소에 다시 서야 할
하나의 계기로 생각하고 후회는 하지 않았어.

길은 이처럼
한없이 속이 좁은 나조차 바꾸어 놓았던 거야.

scene #55.
게스트하우스에서
쓰는 엽서

세계의 모든 여행자들이 함께 하루를 쉬어 가는 자리,
오늘 이 방에 함께 머무는 사람들과 가볍게 인사를 한다.
2층 침대에 무거운 짐을 내려놓고,
내가 아끼는 사람들에게 지금 내 마음을 전하기 위한 엽서세트를 꺼냈다.
첫 문장은 'DEAR'보다는 '고.맙.다'라는 말로 시작하는 게 좋겠다.
푹신한 베개에 양팔을 받침대 삼아 끄적끄적…….

낯선 곳으로 떠나오니,
문득 네 생각이 나서 몇 글자 적어 본다.

"여행이란,
자신이 머물러 있던 장소와
사람들의 소중함을 돌아보기 위함이며
자신의 감성을 깨우기 위함이다."

이 글을 적고 기분이 좋아졌다.

scene #56.
지하철, 낯선 타인과
마주치는 공간

집으로 돌아가는 지하철 안.

처음 보는 사람들이 마주 앉아 서로 자신이 해야 할 일을 하고 있다.
음악을 들으며 눈을 지긋하게 감고 있는 사람, 책을 꺼내 혼자만의
세상에 빠져 있는 사람, 담소를 나누는 사람, 핸드폰 게임을 하고 있는 사람,
무관심으로 무표정한 사람…….

그 타인들의 낯선 공간에서 낯선 이의 무릎 위로,
도움을 요청하는 글을 적은 코팅된 A4용지를 얹어 놓는 사람.
이 모두가 우리에게 익숙한 지하철 안의 풍경이다.

**지하철은 언제나 탁 트여 있지만 보이지 않는 벽으로
사람들은 단절되어 있다.**
그 안으로 문을 열고 들어가기엔
너무나 견고하여 쉽지 않다.
타인과 타인이 목적지까지 가기 위해 함께 모여드는 장소,
그 장소에서 단 한 번도 본 적 없는 사람들을 마주한다.
참 외로운 순간이다.

혼자 있기에 그런 것은 아니다.

우리는 왜 지하철 안에서 만나지는 사람들과
"안녕하세요. 어디까지 가세요. 조심히 가세요."라는
말을 건네지 않는 것일까?

이웃과 친해질 수 있었던 것은
서로 집이 붙어 있고 사는 동네가 같아서만은 아니다.
그것은 사소한 관심에서부터 시작되었다.

모든 관계의 시작은 관심이다.

남자가 사랑하는 여자에게 고백하는 순간도 관심에서 비롯된다.
어쩌면 사랑하는 이에게 고백하는 것보다 이웃에게
말을 건네는 것이 더 쉬울 것이다.

당신의 용기로 인해 상대방이 가지고 있던
타인에 대한 경계는 무너질지도 모른다.

scene #57.
나는
걸어가고

나는 지금 이 길 위에 서 있다.
나는 지금 이곳의 산들바람을 몸으로 느낀다.
골목길. 사람의 이야기,
풍경의 이야기, 숨겨진 이야기를 품고 있는
아름다운 곳.

**"그 언젠가 나는 세상의
모든 골목길에 관한 지도를 만들고 싶다."**

저 모퉁이를 돌아가면
어떤 아름다운 풍경이 나를 기다릴까 하는
기대감이 나를 걷게 만든 원동력이었다.
그 희망을 가지고 한 발을 내딛으면
그때부터 십 리, 이십 리를 걸어갈 수 있다.

249

느리게 쌓인 먼지,
따스하게 흐르는 시간의 조각들,
그리움 속의 그리움,
그 그리움 안에 있는 또 다른 그리움.
그대로여서 반갑고,
나를 기억해 줘서 고마운 골목.

새로운 곳을
보고 듣고 느끼고 걷는 것만큼 즐거운 일은 없다.
나의 걸음은 내 안에 숨겨진
너를 찾아내는 일이다.

scene #58.
작은 사랑의
멜로디

"당신이 요즘 흘러나오는 노래보다
지나간 노래들을 찾아 듣는다면……."

"팝송의 멜로디보다 가사를 더 공감하며 듣고 있다면……."

"서태지의 〈난 알아요〉보다
〈너와 함께한 시간 속에서〉를 더 좋아하게 된다면……."

"빠른 템포의 노래보다 미디엄 템포의
노래에 마음이 더 끌린다면……."

"MP3보다 CD플레이어와 마이마이 카세트로
노래가 듣고 싶다면……."

"집에 듣지도 않는 카세트테이프를 아직도 버리지 못하고
서랍 안에 간직하고 있다면……."

"자신의 시간을 어루만져 준 추억의 노래
열 곡 정도는 선곡할 수 있다면……."

당신은 지금 떠날 준비가 된 것이다.

당신에게 어울리는 여행을 할

모든 준비가 끝난 것이다.

scene #59.
서울 사람들

서울은 모두에게 꿈을 이룰 수 있는 기회의 땅처럼 보였다.
번화가의 반짝이는 불빛을 가로지르는 수많은 사람들이
모두 행복의 길로 들어서는 것처럼 보이기도 했다.
하지만 그 모습 뒤에는 거리를 떠도는 노숙자에겐
단 세 평 남짓한 공간도 허락되지 않는 불행이 있다.
다섯 평 공간에서 새우잠으로 밤을 보내야 하는
쪽방촌 사람의 슬픔이 있다.

6.25전쟁 이후,
산 중턱의 판잣집에 보금자리를 꾸민 가족이 있었다.
비와 바람만 피할 수 있으면 좋다면서 그들은 참 열심히 살았다.

하지만 넉넉하지 못한 살림살이는 좀체
나아질 기미가 보이지 않았다.
그래도 내 아들딸들은 더 나은 삶을 살기 바라기에,
그들은 절망 따윈 훌훌 털어 버렸다.

시대가 바뀌고 모든 것이 풍족한 지금 세상은 온통 검은 빛깔의 풍경을 띠고 있다.
사람의 온기가 사라진 집들은 금세 폐허가 되어 흉물스런 모습으로 변해 가고,
아이들이 뛰어놀던 집을 품고 있던 골목에는 차가운 냉기만이 가득하다.
가끔 담벼락을 타고 자신의 공간을 찾는 고양이들과 부서진 벽 사이를
뚫고 나온 잡초들만이 그 자리를 지키고 있다.

서울은 모든 이들에게
공평한 삶을 나누어 주지는 않는다.

고향을 버리고 꿈을 좇아 서울로 향하는 사람들,
그들이 전부 그 꿈을 이루어 내는 것은 아니다.

scene #60.
막다른 길에서
보내는 사색

하나.
일상 속의 여행을 하다 느끼는 수많은 감정들은
정성스럽게 접은 종이비행기 같다.

버스를 타고 지나가는 동안 창밖으로 내다본 낯선 풍경
내 두 발로 밟아 보지 못한 장소

스쳐 지나가는 풍경일지라도 당신은 짧은 순간에
많은 것을 받아들일지도 모른다.

둘.
천천히 걸으면
늘 분주했던 마음에도 여유가 생긴다.
걸으면 생각이 새로워지고
만남이 새로워지고 느낌이 달라진다.

길을 아는 것과 길을 걷는 것은 다르다.

셋.
자그마한 지도 한 장을 믿고 낯선 길을 걷는다.
지도에 따라 모든 것이 계획처럼 되지는 않는다.
나의 여행은 길을 잃기 위해 떠나는 여행이다.
골목은 그러한 위험도 감수하게 한다.

넷.
어떤 도시를 이해하는 가장 멋진 방법은
기분 내키는 대로
발길 닿는 대로
거리를 내딛는 걸음에서 시작된다.

다섯.
개발이란 이름 아래
오래된 것들은 부수어지고 기억에서 지워지고 있다.
새로운 것은 편리한 것일 뿐이지 결코 사랑받지는 못한다.

하지만 오래된 것은
사랑받는다.

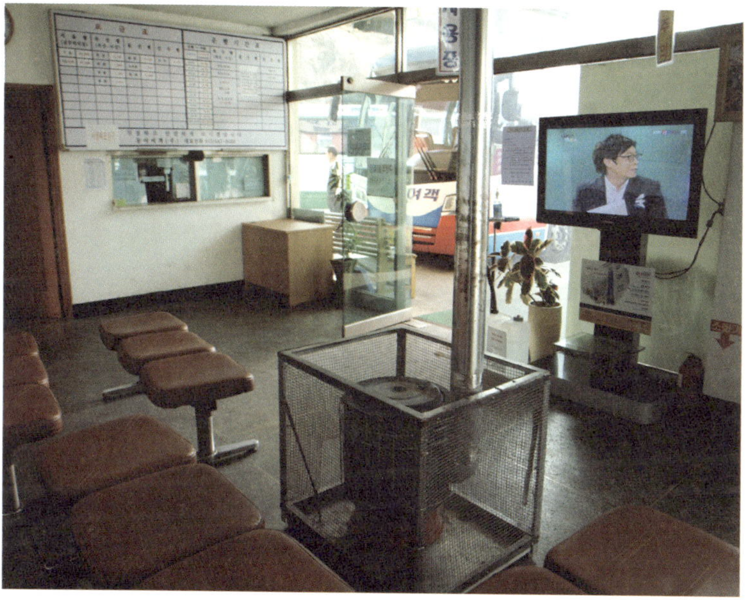
여객

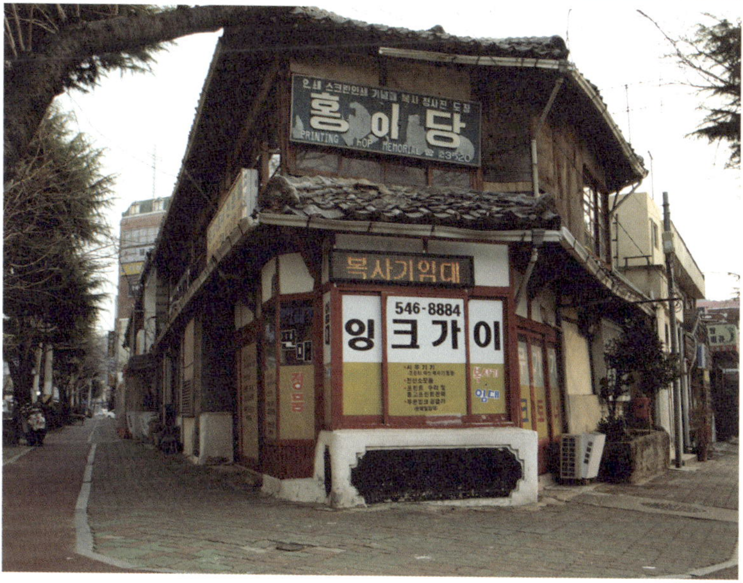
홍이당
복사기임대
546-8884
잉크가이

나는 아홉 살의 인생에 처음 사랑을 알았다.

아니 사랑이라는 단어 자체는 몰랐고 그저 내 옆자리의 여자아이를 한없이
좋아했다는 것이 맞을 것이다. 보통 사내아이들은 좋아하는 여자아이에겐
괜히 툴툴거리고 관심받기 위해 괴롭힌다. 고무줄을 끊고 도망간다든지,
여자아이 근처를 배회하며 짓궂은 장난을 하는 등 마음과는
다른 행동들을 하는 것이다. 그저 어린 마음에 좋아한다는 걸 들키고 싶지 않아서다.
내가 좋아하는 여자아이를 울렸다는 사실에 마음에 큰 상처를 받은 적이 있다.
그 여자아이의 손을 잡고 싶어 장난을 치다가 실수로 팔을 비틀어 탈구되도록
만들었던 것이다. 이 일로 평온했던 초등학교 2학년의 교실은 발칵 뒤집혔다.
나도 기절할 만큼 놀랐다. 그때 나는 그 아이를 다치게 했다는 것보다
내가 좋아하는 여자아이가 나로 인해 눈물을 흘렸다는 사실에 더 큰 충격을 받았다.
그 여자아이는 내 짝꿍이었다.
어느 남자아이가 나의 짝꿍에게 말을 걸면 알 수 없는 질투심에
괜히 시비를 걸어 싸우기도 했었다. 자신이 좋아하는 여자를 지키려는
마음은 남자들만의 미지의 세계이다.
나는 짝꿍에게 잘 보이기 위해 매일 찬물로 머리를 감았다.
또 해서는 안 되는 일까지 저질렀다.
짝꿍이 자연 시간에 쓰는 물체주머니를 잃어버리고 운 적이 있었다.
내가 좋아하는 여자가 울게 내버려둘 수 없었다.
여자의 눈물은 어린 나에게 꽤나 견디기 힘든 아픔이었던 것이다.
나는 내 짝을 위로하고 집에 보낸 뒤,
내가 할 수 있는 일을 생각했다.

엄마에게는 이런 얘기를 하기가 힘들었다.

그래서 학교가 파한 후, 엄마의 곁에서 떨어지지 않으며 호시탐탐
엄마의 지갑을 노렸다. 결국 나는 천 원을 손에 넣었고, 나의 목적을 이루었다.

당시 내게 호된 매질을 하셨던 엄마는 내가 그때 그 돈으로 무엇을 했는지
아직도 모르신다.

나는 장난감이 갖고 싶어 천 원을 훔쳤다고 말했다.

그 말이 엄마의 화를 돋아 한 대 맞을 일, 두 대를 맞았던 것 같다.

천 원이 지금의 오천 원만큼의 가치가 있었던 시절이었다.

나는 좋아하는 여자에게 무언가를 해줄 수 있다는 사실이
정말 행복하다는 것을 그때 처음 알았다.

그 사건 이후, 난 짝꿍과 더 친해졌다.

하지만 행복은 잠시뿐이었다. 즐거운 날들은 순식간에 흘러갔고,
내 생애 처음으로 헤어짐을 겪어야만 했다. 즐겁기만 해야 할 겨울방학식 날,
짝꿍은 서울로 전학을 간다며 나와 반 친구들에게 마지막 인사를 했다.

아무도 울지 않던 교실에서 나만 눈물과 콧물까지 흘려 가며 슬프게 울었다.

내 나이 아홉 살 때 배웠던 것들을 아직도 되풀이하며 살고 있는 것 같다.

누군가를 좋아하는 마음은 나를 변화시킨다.

그러나 누군가와 헤어진다는 것은 여전히 슬프고 고통스럽다.

마음 한 켠이 어딘가로 날아가 버리는 것 같다.

내 첫사랑은 그 여자아이였다.

스물세 살의 어느 날,

난 우연히 같은 학교를 나온 친구들을 연결해 주는 인터넷을 통해

그 잊히지 않는 짝꿍에게서 한 통의 메일을 받았다.

짝꿍은 나를 자신의 팔을 부러뜨렸던 남자아이로 기억하고 있었다.

이제는 자신을 닮은 여자아이의 엄마가 된 그 아이.

그 아이를 통해 추억을 되새길 수 있어서 고맙다.

이만큼 변해버린 내 자신이

그렇게 나쁘지 않다는 것을 알게 해주어서 감사하다.

여행을 할 때 가방 안에 우선 목록으로 들어가는 것은 노트와 펜이었습니다.
그때그때 생각나는 것들을 기록하기 위함이지요.
차를 타고 가다가 멋진 풍경 앞에 나만의 생각들이 떠오르면 받침대도 없이
무릎 위에 노트를 올려놓고 써내려 가기 시작합니다.
기록들은 대부분 그 당시 느낌 그대로를 전달하기 위해 수정을 하지 않습니다.
생각나는 대로 적어 내려가는 것이기 때문에 어디에 써먹지는 못할
그런 문장임은 틀림없습니다. 3년 정도, 3권 정도의 노트를 썼습니다.
학교 앞 문방구에서 파는 싸고 질 나쁜 그런 노트지요.
그래서 도서관 위에 올려놓고 방치하더라도 누가 가져갈 걱정도 없었습니다.
내 시간들이 빼곡하게 들어찬 소중한 노트를 여행 도중 잃어버렸습니다.

그때의 심정이란……
여행에서 돌아온 일주일 동안, 그저 망연자실해 있었습니다.
여행용으로 항상 메고 다니는 백팩 중, 물건도 많이 들어가고,
잘 잃어버리지 않는 구조를 가진 가방이었기에 잃어버릴 거라는 생각은
아예 안 했습니다. 그 가방에 들어 있던 물건이 어딘가에 빠진 적도 없었기에
방심을 하고 있었던 거죠.
그날따라 난 항상 가방의 중간 부분에 넣어 두던 노트를 제일 앞쪽 지퍼 쪽에
넣어 두었어요. 게스트하우스에 도착한 후, 한참을 잃어버린지도 모르고 있다가
짐을 정리하며 노트가 없어졌다는 사실을 깨달았습니다.
어디서 흘렸는지 짐작조차 할 수 없기에 체념하고 포기해야 했습니다.

노트를 우연히 주워든 어느 행인이 휴지통에는 집어넣지 않았기를 바랍니다.
훔쳐보기라도 했다면, 웃기고 유치하더라도 노트를 쓰던 주인의 마음이
이랬구나 하고 생각할 수 있잖아요. 그것이 나에겐 위안이 될 것 같습니다.
당신도 소중한 무언가를 잃어버린 적이 있었겠지요.
그것이 무엇이든, 난 당신의 마음을 이해합니다.
우리 인생에서 소중한 것을 잃어 본다는 것은 손해가 되는 일만은 아닌 듯합니다.
그 경험으로 인해 우리는 조금 더 내가 가진 모든 것에 애정을 쏟게 되니까요.
애정이라는 단어 안에는 '아끼고 보살핀다'라는 의미도 포함되어 있습니다.
소비가 되는 물건인 경우에는 쓰지 않고 보관하는 것보다
그 목적에 따라 유용하게 사용하는 것이
바로 애정을 쏟는 일입니다.

사랑하는 사람의 경우에는
조금 더 관심 갖기, 조금 더 기다리기, 조금 더 참기,
조금 더 어루만지기, 조금 더 믿기이지요.

우리는 경험 안에서 많은 것들을 배우고 깨닫습니다.
그냥 노트 하나 잃어버린 일에도 내가 세상을 살아가는 마음을 깨우치며
살아가고 있듯이 말이지요.

scene #63.
세상 모든
고민의 답

자신에 대한 깨달음은 어느 순간 누군가에게 머리를 맞은 듯 갑자기
찾아오는 것 같아. 인생을 먼저 살아온 선배들과 친구들이 수많은 조언을
해주더라도 머리로만 이해했지 가슴까지 와 닿지는 않았어.
너무 성급하게 답을 내리진 않았으면 좋겠어.
모든 고민의 답은 의외로 단순할 수 있거든. 수학문제처럼 공식에
대입하여 풀 수는 없지만, 공식이 없기에 더 간단할 수도 있지.
'나는 왜 이럴까?'라는 생각도 무의미한 것은 아냐.
그런 생각을 통해 앞으로 일어날 일들에 더 지혜롭게 대처할 수도 있으니까.
지금 내가 잃어가는 것만 있다고 생각하진 않았으면 좋겠어.
잃은 만큼 얻고 얻은 만큼 잃게 될 때도 있어.

인생에,
사람의 관계에 힘들어 하는 친구들이 있다면 꼭 기억하길 바라.
모래성처럼 와르르 무너져 보도록 해.
힘든 일은 힘든 거고, 슬픈 일은 슬플 수밖에 없어.
내가 불완전한 존재라는 걸 받아들이기 시작하면 모든 일들이 참 편해질 수 있어.
물론 모든 걸 자포자기한 듯 방치하라는 소리는 아냐.
스스로 받아들이고 치유하는 게 진정한 치유가 될 수 있다는 얘기야.
자신을 스스로 위로하는 방법은 어느 날 갑자기 찾아올 수도 있어.
혼자 떠난 여행길에서, 문득 밥을 먹다가,
잠깐 딴 생각 하는 사이일 수도 있지.

피할 수 있는 상황이라면 피하는 것도 좋고,
맞설 수 있는 상황이라면 맞서도 좋아. 결과는 아무도 모르니까.
내가 하는 말이 참 교과서 적인 것으로 보일는지도 모르겠어.

하지만
진심으로 네가 행복했으면 좋겠어.
어떤 위로라도 전해 주고 싶은 그 마음 하나만 알아주면 좋겠어.

우리는
반짝반짝 빛나는 새 양말이 없어도 구멍이 난 양말을 신고도
행복할 수 있는 나이잖아.

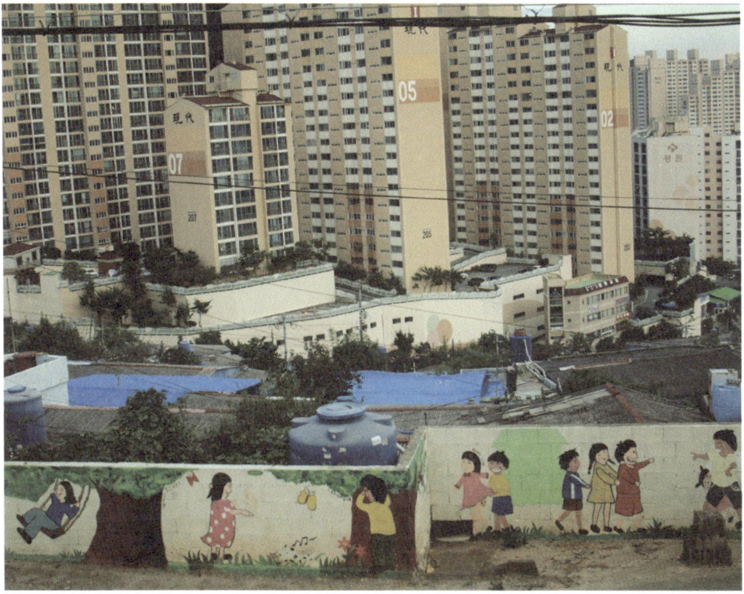
現代
05
07
02

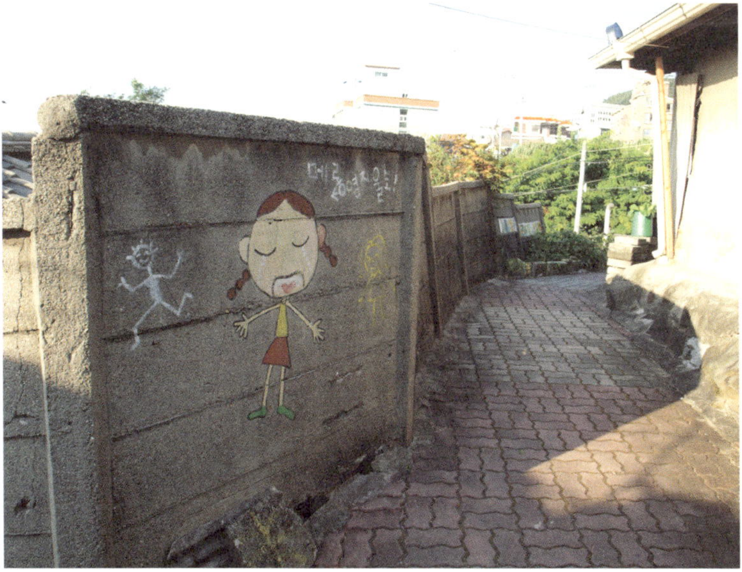

**다시
한 번만**

잊을 수 없는 기억이라면,

그 기억을
끌어안고 살아야 한다면,

당신과의 추억은

아름다운 것만 기억할 수 있도록 해주세요.

scene #65.
돌아갈 수 없는 풍경엔
항상 우리가
있었다

나는 참 다행이다.

나의 기억 일부분을 공유할 수 있는 너희들이 있으니까.
친구라는 이름의 여섯 남자들아.

길을 따라 걷다 보면 백 미터 안팎으로 하나씩 나오는 친근한 골목길.
한 녀석이 한 녀석을 불러내어 두 녀석이 되고,
두 녀석이 다시 한 녀석을 불러 세 녀석이 되고,
그렇게 여섯 명의 건방진 녀석들이 뭉쳐서 학교길을 걸었다.
그리고 다른 중학교로 나뉘며 서로 길이 갈렸다.
너무 다른 우리 여섯이 친구가 된 것은 집이 가까워서만은 아닐 것이다.
항상 만나고 싶어 했고, 만나면 별다른 것을 하지 않아도 즐거웠다.
그래서 우리는 항상 여섯 명을 원했던 것인지도 모르겠다.
꿈을 나눠 먹으며 자랐던 여섯 명의 이름이 살다 보면 너무나 그리울 때가 있다.
〈TAIJIBOYS 2집〉이 나오기 전 서태지가 이승연의 첫 라디오 프로에
출연한다는 소식을 듣고,
밤늦게까지 라디오 앞에 모여 앉아 방송을 들으며
여학생처럼 울부짖었던 때도 생각난다.
그런 서태지가 올해로 데뷔 20주년이 되었고,
중2였던 우리는 서른이 넘는 어른이 되어버렸다.

열아홉 살의 우리에겐 스무 살로 향한 꿈이 있었다.
하지만 곧 서른 살을 걱정하는, 조금은 재미없는 녀석들이 되어 버렸다.
그래도 나는 가끔은 나이에 맞지 않는 고민을 하던 너희가 좋았다.
헐렁한 반바지에 슬리퍼를 발가락에 걸친 채 온 동네를 누비며
우정을 나눠먹던 그 아련한 시간들은 내게 살아가는 힘을 주기도 한다.
이제는 여섯 명이 모두 만나는 일은 각자의 스케줄을 맞춰야 할 정도로
힘든 일이 되어 버렸다.
그때의 기억을 너희들도 가끔 떠올리기는 하는지…….

키가 작아서 항상 보호받고,
형광색 촌스러운 슬리퍼를 신었다며 너희에게 큰 웃음거리가 되었던
친구가 몇 마디 당부하고 싶다.

가끔은 자신을 돌아보는 시간을 만들면 좋겠어.
반복되는 하루를 살아가려면 가족을 위한 시간도 중요하지만
자신을 위한 시간도 필요한 법이니까.
커가는 아이 때문에 이것저것 걱정도 많겠지만,
그래서 지칠 때도 있겠지만 너무 걱정하지 마.
우리 역시 좋은 음식을 먹고,
좋은 옷을 입었던 건 아니지만 이렇게 잘 컸잖아.
아이가 초등학교에 들어가는 해에는
꼭 한 번은 아이와 단둘이 여행을 떠나라.
그리고 네가 아이에게 당부하고 싶은 이야기들을 들려주길 바란다.
사는 게 바빠도 서로가 서로에게 가끔은 연락하며
안부와 소식을 전하자.

scene #66.

조금 더 솔직해진다는 것은

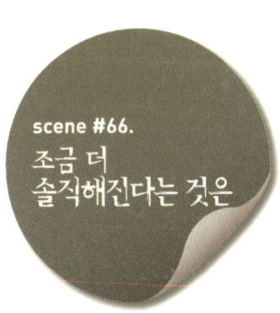

무엇을 할 때,
자신의 한계를 실감하게 되는 순간이 온다.

나 또한 그러하다.
내가 가슴으로 안은 이야기들을 글로 풀어내며 작은 노트를 한 줄 한 줄 메워가는 것이 버겁다는 생각이 들 때도 있다.
하지만 잘 적어낸 문장 한 줄보다 사람의 진심을 느낄 수 있도록 풀어낸 글이 좋다.
그러한 글을 적어낼 수 있는 사람은 분명히 매력이 있는 사람이다.

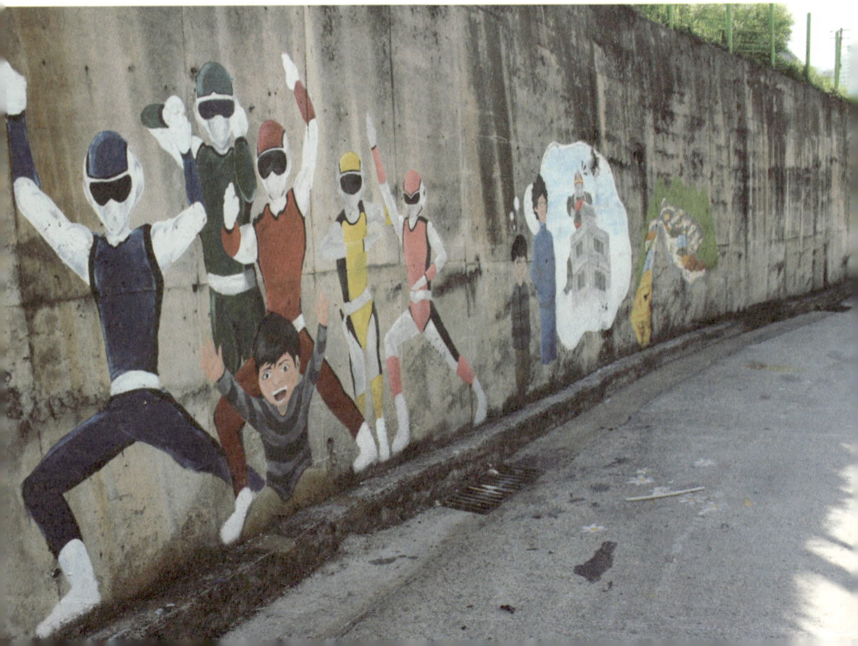

나의 여행도 진실하고 싶다.

나는 잠시 그 자리에 머물다 떠나는 여행자일 뿐이었지만, 온몸으로 교감하고,
소통하고 싶었다. 여행에서 더 외로워지고 싶었다. 그 공간에서 온몸이 떨리듯
외로워지노라면, 살아 있음에 감사하게 되고,
내 주위를 채워 주는 소중한 사람들에 대해 돌아보게 되며,
생각지도 못했던 깨달음이 오기 때문이다.

살다 보니, 거짓말도 하게 되고, 위선으로 나를 휘감아 놓기도 했다.
그것들은 어쩔 수 없는 선택이었다. 내 자존심을 지키기 위한 어른으로서의
선택이었다. 완벽한 사람이 없듯, 완벽한 어른도 없다.
누구나 불완전한 존재들이며 위태로운 생명들이다.
어느 공간, 어느 시간에서 자신에게 한 번은 솔직해질 필요가 있다.
나를 불안하게 하는 것을 직시하고, 인정해야 할 때가 있다.
그래야 더 힘든 순간을 견뎌낼 수 있고 살아낼 수 있기 때문이다.

그대는 그대를 위한 시간을 잘 쓰고 있는지,
그대는 자신의 부족함을 인정하고 모든 것들에 한번쯤은
솔직해지는 시간을 만들고 있는지 묻고 싶다.

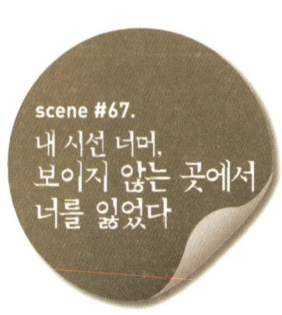

2009년 여름,

그날의 이야기를 꺼내는 것이 아직은 두렵지만,
이제는 네가 편안하게 쉴 수 있도록, 너의 기억을 정리하려 한다.

남아 있는 사람들도 슬픔을 뒤로한 채 가끔은 웃으며,
가끔은 추억에 아파하며 너를 떠올릴 것이다.
그때 네가 그 누구에게라도 슬픔을 터놓고 함께했었다면,
네가 돌이킬 수 없는 선택을 했을 거라고 생각하지 않는다.
너의 소리에 귀를 기울여 이야기를 들어 주지 못했다는 사실이,
너를 떠올리게 되는 시점마다 나의 마음을 너무나 아프게 한다.
한 번도 귀 기울여 주지 못했던 건, 수많은 사람들이 힘들어도,
괴로워도 아무런 위로 없이 그 시간을 이겨내기에,

너 또한 그러할 것이라고 믿었기 때문이다.
변명처럼 들릴지도 모르겠다.

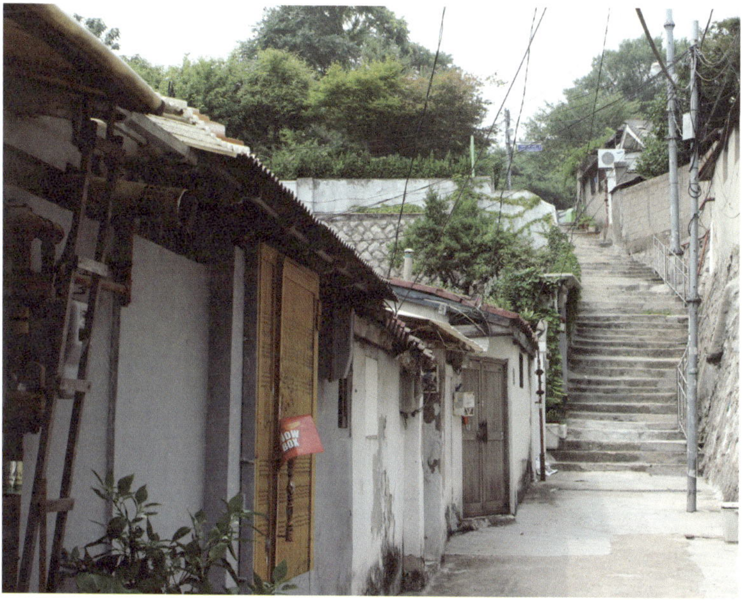

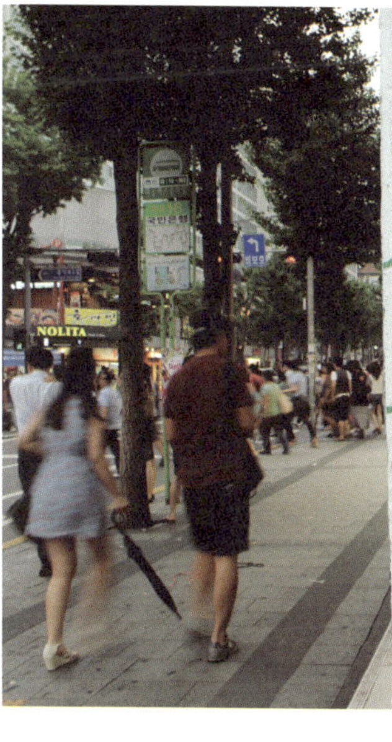
NOLITA

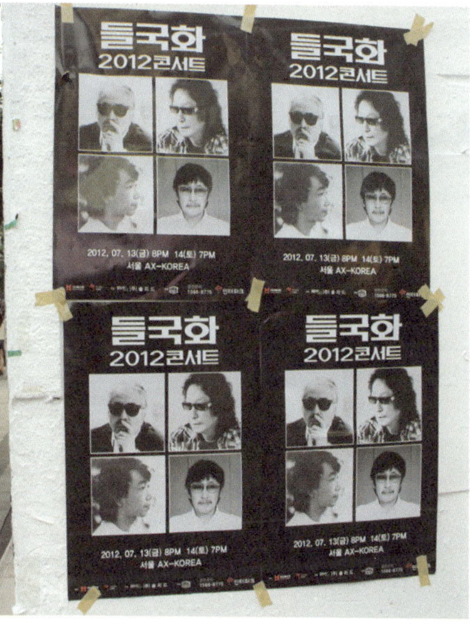
들국화
2012콘서트
2012. 07. 13(금) 8PM 14(토) 7PM
서울 AX-KOREA

너를 다른 세상으로 떠나보내고 3년이라는 시간을 보내며,
나는 네가 잠들어 있는 곳에 설 용기가 없어 단 한 번도 너를 찾아가지 않았다.
어떤 표정으로 그곳에 서 있어야 할지, 어떤 말을 해야 할지도 몰랐기 때문이다.
인생은 여전히 이 공간에서 숨을 쉬며, 살아가는 이들을 가만히 내버려두질 않는다.

지독히 외로웠구나,
아무도 너의 아픔을 쓰다듬어 주지 않았구나!

그 아픔이 얼마나 컸기에 너는 욕조 안에서
너의 고통을 끝내려고 마음먹었던 걸까?
그 순간이 얼마나 힘들고 고통스러웠을까?
그래! 네가 떠나고 난 후에도 수많은 이들이 너를 위해 눈물을 흘렸고,
너를 위한 노래를 불렀어.
그리고 아직도 너를 그리워하는 사람들도 있어.
너는 다시 돌아오지 못할 길로 들어섰지만, 너무 슬퍼하지 말았으면 좋겠어.
언제나 너를 그리고 추억하는 사람들이 있을 테니까.
이번 겨울, 한 번도 찾아가지 못했던, 네가 잠들어 있는 그 자리에 인사하러 갈게.
이제는 내 허물 같은 고통을 씻어내고서 너에게 갈게.
그때까지 혼자 쓸쓸하더라도 기다려 주길 바란다.

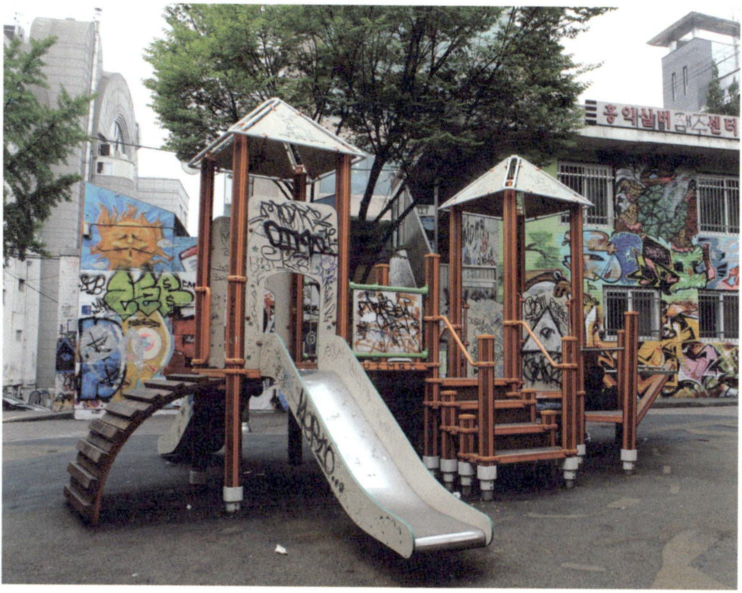

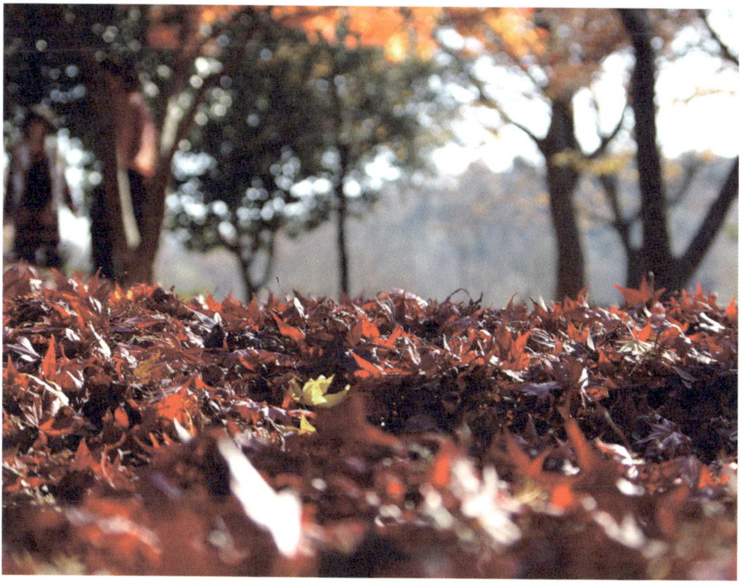

나의 향긋했던 시간들은 어느덧 저만치 저물어 갔고.
그렇게 어둠은 살며시 내려앉았다.
나침반처럼 나의 길을 인도해 줄 거라 믿었다.
나침반의 세밀하고 감수성 어린 바늘처럼 나의 이기적인 마음을
세세하게 바라볼 줄 알았다.
제각각 흩어진 마음 또한 하나의 퍼즐처럼 맞추어질 줄 알았다.
보이지 않는 계단을 걸을 때처럼 언제나 불안함 투성이의 마음과
그 마음을 다시 끼워 맞추려는 노력들……

어쩌면 나는 그날처럼
다시 네가 나를 찾아주기를
바라고 있었는지도 모르겠다.

너는 나와
참 많이 닮아 있었다.

등을 꼿꼿하게 치켜들고 누군가 다가오는 기척이 들리면 저만치 달아나 버리는
고양이처럼 나 역시 누군가와 쉽게 동화되지 못하고 혼자서 주위를 맴돌 듯이
살아왔던 것 같다.
무엇이 그렇게 나를 두렵게 만들었는지 알 수 없었다.
무엇이 나를 괴롭히는지 그 대상조차 알 수 없었다.
어리석었던 생각들로 낭비하던 시간이었다.
내 안의 벽을 세워 멀리할 이유와 필요도 모른 채, 그게 편하다는 생각을 했다.
누군가 옆에 와 있어 주려 할 때, 벽을 만들어 밀어내는 것은 나의 습성이고,
나의 선택이었다.
우리는 항상 위태로운 외줄타기를 하는 것처럼
불완전한 생각으로 삶을 살아간다.

하지만 세상의 어떤 상황 속에서도
지지해 주는 내 편 하나쯤은 있기 마련이다.

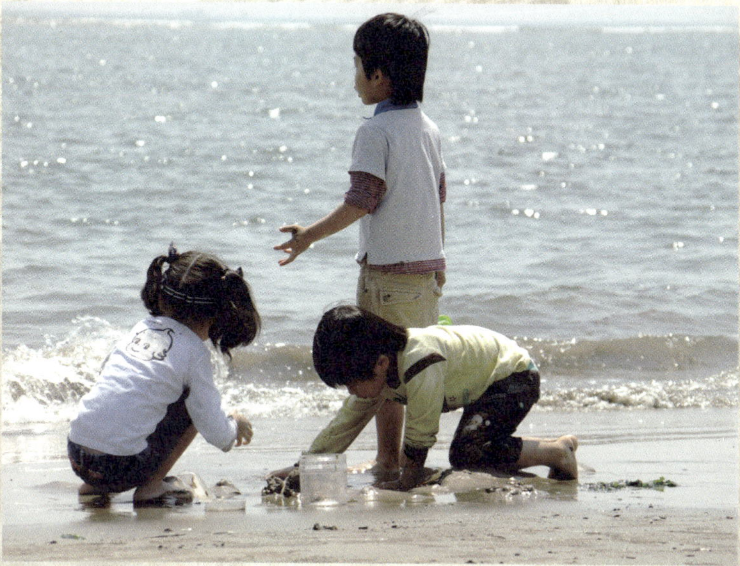

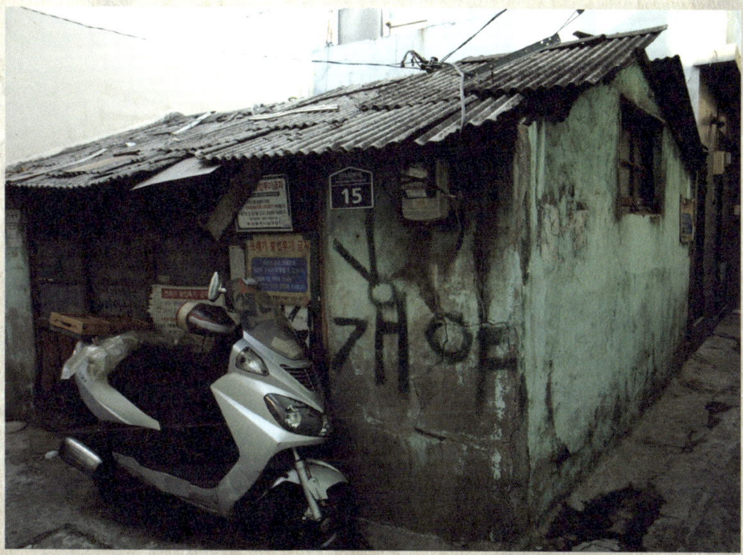
15

scene #69.
유치하지만
의미 있는 일

하나.

그동안 적어 두었던 메모와 사진들을 정리하려고 오랜만에 노트를 펼쳤다.

보여 주기도 창피할 만큼 끄적거렸던 글귀들이 눈에 들어온다.

길을 찾아가는 노선부터 이야기를 나눈 기록들까지 시시콜콜 남겨 놓은 흔적들.

안타깝게 한 권을 잃어버리긴 했지만, 아쉬움은 묻어두고 나머지들만이라도

잘 소장해야 할 것 같다. 나이를 먹어 다시 이 노트를 펼쳐 보게 된다면

또 새로운 기분이 들 것 같기 때문이다.

메모를 계속 해 나가야 할 것 같다.

도중에 쓰기를 멈췄지만, 잃어버릴까 봐 조마조마해서

가지고 다니지 않았지만 이 글을 적은 이후,

다음 날부터 나는 다시 노트를 가방 안에 넣고 다닐 것이다.

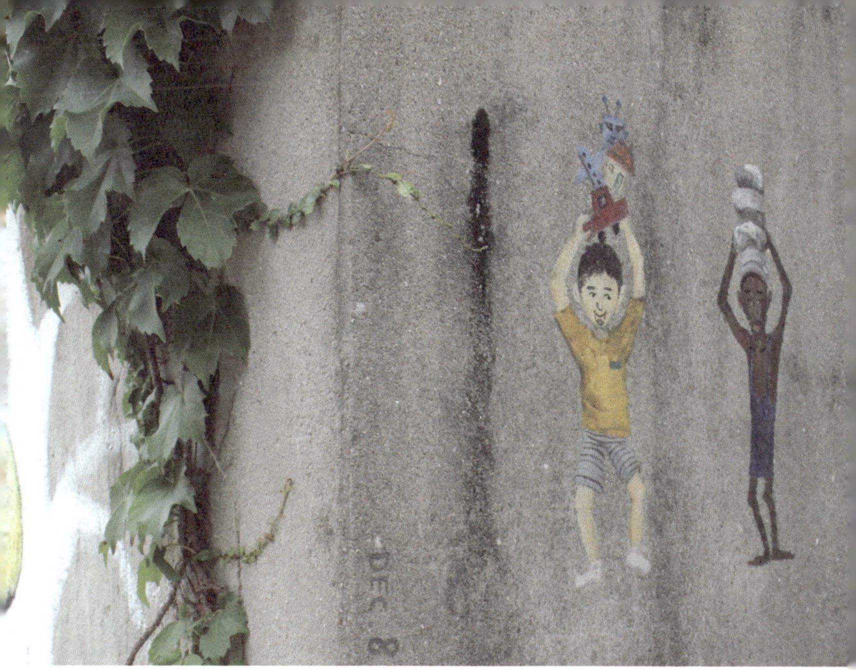
DEC 8

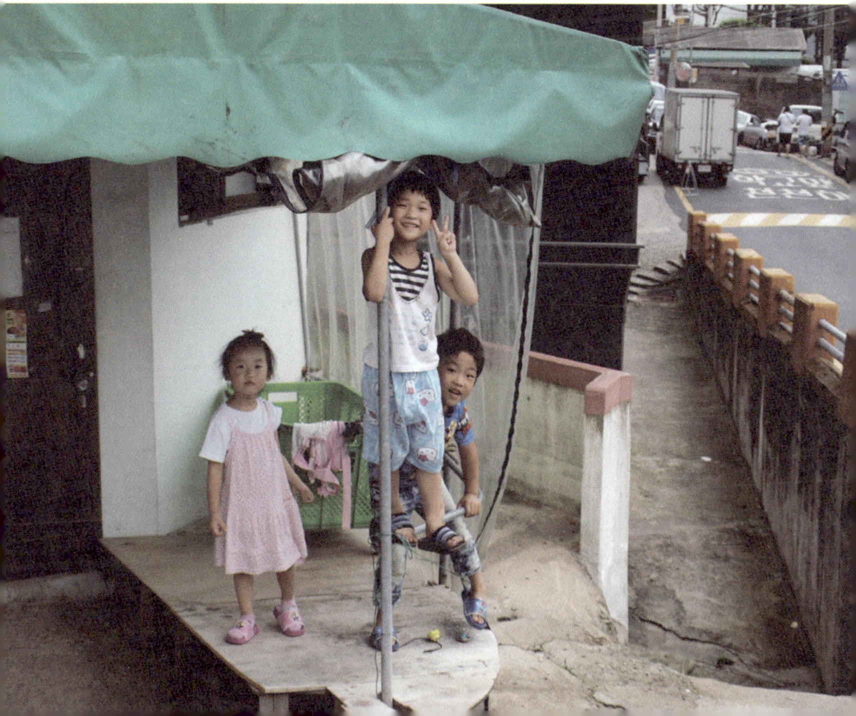

둘.

외장하드에 들어 있는 아이들 사진을 하나로 모으려 폴더를 펼쳤다.
문득 아이들의 사진만을 따로 인화해서 한 권의 앨범으로 만들어
소장하면 멋질 거란 생각이 든다.
쌓아둔 사진들을 뒤적거리다 보니 아쉬움이 밀려온다.
조금 더 예쁘게 찍어 줄 수 있었을 텐데……
낯선 타인이었던 나에게 허물없이 다가와 줬던 아이들.
먹고 싶어 하던 어묵을 한 개씩밖에 사 주지 못했던 울산 선암초등학교 아이들이
마음에 걸린다. 문현동 벽화마을에 살고 있는 민재도 공원에서 컵라면을
또 같이 먹자고 약속했는데, 약속을 지키지 못해 미안하다.
매축지에 사는 민지는 잃어버린 백 원을 찾았는지 모르겠고,
장애가 있던 은율이는 친구들과 사이좋게 지내고 있는지 궁금하다.

그 장소에 다시 가면 한 번 더 너희들을 만날 수 있을까?
난 너희들을 만나게 된 이후, 다른 아이들과의 만남에서도
그런 미안한 마음이 들지 않도록 철저히 준비하고 다니고 있다.
지갑 안에 삼만 원 정도는 꼭 넣어서 다니고,
가방 안에 항상 들어 있는 사탕의 양도 늘렸다.

골목에서 만난 아이들은 나에겐 멘토와 같은 존재였다.
마음이 가는 대로 행동하고,
생각나는 대로 이야기를 던질 줄 아는 순수한 멘토들.
앞뒤 재가며 고민하는 어른들보다 너희들이 훨씬 현명한 것 같다.
나는 예전의 기록들을 바라보며 또 하나의 추억을 남겼다.
노트에 적힌 글을 보고 웃기도 하고,
아이들의 사진을 보며 흐뭇한 미소를 짓기도 했다.
그렇게 지나간 기억들을 되돌아보며 하루를 정리했다.

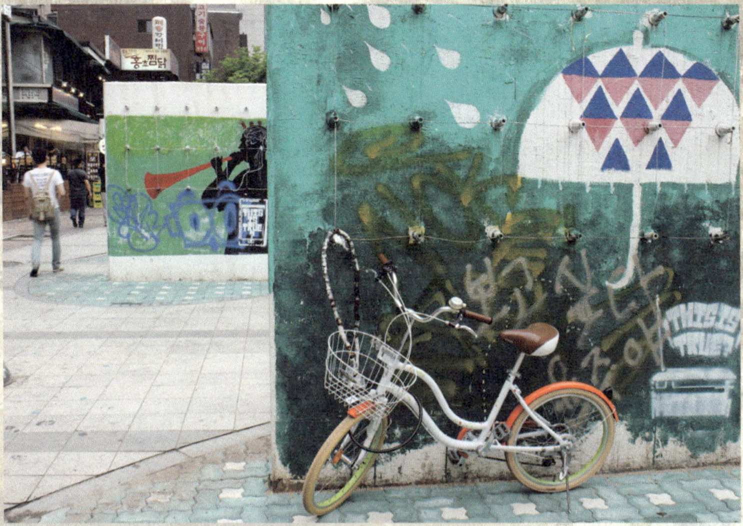
THIS IS TRUE

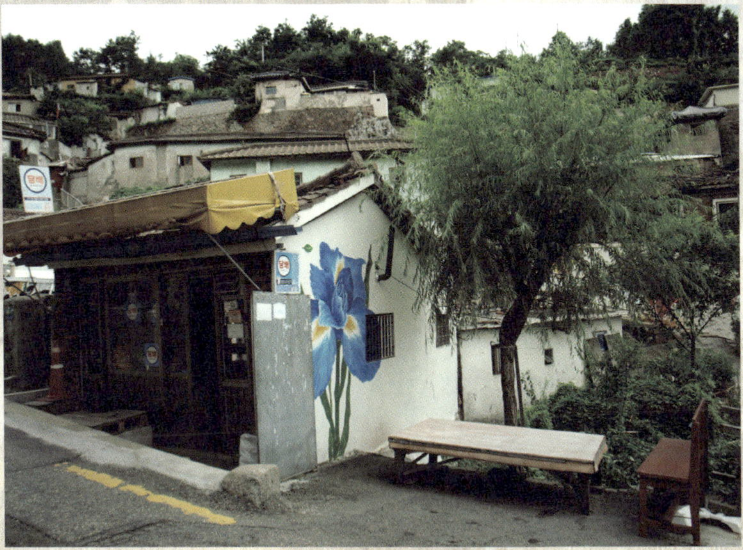

하나.

귀가 아플 정도로 바짝 갖다 댄 수화기 너머로
당신이 상처받는 소리가 느껴졌다.
그 침묵의 1분과 1분이 너무나 길게 느껴졌고,
그 시간은 내 머리 위로 천천히 흘러갔다.

둘.

사랑은 당신과 나를 새롭게 만든다.
그 미묘한 감정으로 인해 우리는 더 단단해진다.

셋.

힘든 일도 즐길 수 있는 나이가 되어서야 알게 되었다.
가치 있는 것이라 여겼던 모든 일들이
어느 순간 무의미한 일들로 바뀌어 버렸다.
그 허무한 감정 속에서 허우적거리던 내 모습은
숨만 쉬고 있는, 그냥 살아지기에 사는 사람이었다.

넷.

너무나 익숙해서 어색하지 않은 길
온 동네를 가득 메운 아이들의 웃음소리
평상에 앉아 담소를 나누는 할머니들
담벼락 사이사이로 피어난 잡초
굽이진 골목길
시간이 머물다 간 흔적
길과 사람이 만들어 내는 조화

"나는 지금 살아있다!"

다섯.

햇살이 조금 더 따스해지면
작은 어촌 마을에 자리를 잡고, 아이스크림 하나 입에 물고,
바닷물에 두 발을 담근 채 고운 모래가 있는
백사장을 몇 번이고 왔다 갔다 하련다.
아무런 고민도, 잡념도 없는 듯 시침을 떼며 고요히,
치열한 전쟁터처럼 분주한 삶을 뒤로 한 채
내 몸을 누이고 싶다.

scene #71.
여행에서
우연은
인연이 된다

전주에 있는 한옥마을을 갔을 때의 일이다.

오후 3시를 조금 넘어 전주버스터미널에 도착한 나는 게스트하우스로 가기 위해
버스를 기다렸다. 2박3일간의 일정, 이번 전주 여행은 그저 아무 생각 없이
쉬고만 싶었기에 아무런 계획도 짜지 않았다. 게스트하우스 침대에 누워
그동안 읽지 못하고 쌓아두었던 책들을 전부 읽는 게 목표였다면 목표였다.
또 밤이 찾아오면 슬리퍼를 신고 한옥마을 골목을 거닐 생각이었다.

20분 가까이 기다려도 버스는 오지 않았다.

그때 정류장에는 나를 포함해 대학생으로 보이는 듯한 남학생만 있었다.

그도 혼자 여행을 온 듯한 차림새였다. 그때만 해도 별다른 관심을 둘 수가 없었다.
내가 매우 지친 상태였기 때문이다.

상시라면 객기를 부려 "안녕하세요." 하고 먼저 말을 건넸을 텐데.

그가 내게 먼저 말을 걸어 온다 하더라도 시큰둥하게 반응했을지 모른다.
나는 정류장 의자에 앉아 음악을 들으며 버스만 기다렸다.

버스가 오더라도 다음 버스를 탈 생각으로. 십여 분이 더 지나 한옥마을로 향하는
버스가 도착했다. 대학생은 그 버스에 올라섰고, 나는 제자리에 앉아 있었다.

별로 급할 것이 없는 여행일 때 나는 가끔 버스가 여러 번 지나갈 때까지
정류장에 앉아 멍하게 있는 것을 즐긴다.

대학생이 탄 버스를 그냥 보낸 뒤 나는 다음 버스에 몸을 실었다.

평일이라 게스트하우스는 한가로웠다. 비성수기 그것도 평일이었으니 말이다.
게스트하우스의 주인아저씨가 안내해 준 방은 2인실이었다.

아저씨는 도미토리룸(공동 침실)에 손님이 없어 다른 도미토리룸을
신청한 사람과 둘이서 편하게 쓰라며 배려해 준 것이다.

그 방의 문을 열고 들어가는 순간,
나와 방에 있던 사람은 동시에 "어?" 하고 감탄사를 터뜨렸다.
그는 먼저 버스를 타고 간 대학생이었던 것이다.
우리는 서로를 반가워했다. 전주의 수많은 게스트하우스 중 같은 방에
머무른 것도 인연인데, 그 사람을 버스정류장에서 미리 만나다니!
굉장히 신기하고 특별한 일이었다.
게스트하우스에서 오후 다섯 시경에 재회한 그와 나는 무려 두 시간 동안
이야기를 나누었다. 올해 스물여섯, 대전에 사는 대학생인 그는 내년에
졸업을 한다고 자신을 소개했다. 전공이 건축학이라서 한옥마을의 건물들에 대한
조사도 할 겸 혼자 여행을 온 것이라 했다. 무려 나와는 열 살 차이,
그 나이에 혼자 여행을 한다는 것을 생각도 못해 본 나와 비교하니
그의 청춘이 부럽기도 했다. 나는 간단히 그저 편하게 책 읽고 산책하려는
목적으로 이곳에 왔다고 나를 소개했다. 나의 일정은 2박3일,
그의 일정은 1박2일이었기에 함께 무얼 할 수 있는 시간은 많지 않았다.
그래도 우리는 산책을 하며 산책길에 라면과 떡볶이를 먹으며 함께 전주에서의
시간을 보냈다. 저녁을 먹고 들어와 쉬는데, 게스트하우스의 주인아저씨가
전주의 유명한 막걸리인 모주를 기념으로 주었다. 그걸 나눠 마시며
저녁 시간을 보내고 맞은편 영화의 거리에 나가 심야영화도 함께 즐겼다.
게스트하우스는 이처럼 특이한 경험을 선물한다.
하루를 묵어가는 공간에서는 그가 누구인지, 무엇을 하는 사람인지,
어느 나라에서 왔는지 등은 중요하지 않다.
같은 장소, 같은 곳에서 만났다는 것만으로도 서로가 서로를 반기며,
서로의 여행을 응원한다.

뜻하지 않았던 만남에 나의 여행은 풍요로워졌고, 뜻 깊어졌다.

여전히 그와는 메일을 주고받으며 서로에 대한 안부를 전한다.
나는 인생의 선배로서, 이제 취업 전선에 뛰어들려고 하는
그에게 많은 말들을 해주진 못했다.
그저 두려워하지 않으면 좋겠다는 당부만 했다.

안 될 것이라 생각하기 앞서 실컷 부딪쳐 망가져 보고, 무력해져 보라고.
그것을 절대 두려워하지 말라고 했다.
마냥 두려움에 사로잡혀 아무것도 하지 못하는
그런 청춘은 이미 내가 겪어 봤기에 그 한 가지만은 꼭 기억해 주길 바랐다.
졸업을 앞둔 그는 요즘 들어 "죽겠습니다, 형님."이라는 말을 자주 한다.
왜 그러지 않으랴!

하지만 그는 자신을 위로할 줄 아는 멋진 남자다.
그래서 어떤 힘든 일이 다가온다 할지라도 그는 잘 헤쳐
나갈 수 있을 것이다.

scene #72.
내가 잃고 그대가
잃어 가는 것

세상은 더 살기 좋아지고 편해졌습니다. 대학 진학률이 80퍼센트가 넘습니다.
그런데 한해에 평균 200~300명의 대학생들이 자살로 삶을 마감하고 있습니다.
몇 백만에 달하는 청년실업률을 뚫고 취직을 해도 학자금대출 몇 천만 원의
빚을 안고 사회생활을 시작해야 합니다.
이런 시대에 사는 당신은 행복하게 살아가고 있나요?

십대에서 이십대 중반까지 우리들에게는 뛰어넘어야 할
장애물들이 참 많아졌습니다.
정말 숨 가쁘게 달려온 시간들을 뒤돌아보면
당신에게 남아 있는 추억은 무엇일까요?
우리의 아이들은 뭐든 모자라기만 했던
엄마, 아빠의 어린 시절보다 더 고단해 보이고,
더 외로워 보이기도 합니다.

속도에만 치우쳐 너무 채찍질만 했던 건 아닌지…….
내 욕심에 앞서 너무 몰아세운 건 아닌지…….

훨씬 더 부족했던 시절을 힘든 줄 모르고 겪어낸
엄마, 아빠에겐 골목길에 친구들이 있었다는 걸, 지금의 아이들은 과연 알까요?

훨씬 더 가난했던 시절을 절망하지 않고 견뎌낸 힘이 아웅다웅 살던
이웃에 있었다는 걸 우리는 잊은 게 아닐까요?

우리의 인생에서 정말 중요한 건 속도가 아니라
방향이란 것을 아이들은 알고 있을까요?

마술사

야구선수

나의

꿈

경찰관

요리사

scene #73.
One more time,
One more chance

하나.

나에게 시간은 참으로 느리게 가는 존재였습니다.

그 시간을 후회만 가득하게 살아온 건 내 잘못이었습니다.

그래서 나는 앞으로 내게 주어진 삶을 의미 있게 살려고 합니다.

순리에 맞게 살아가는지

내가 나를 돌보며 살고 있는지

생각해 보려 합니다.

무지했던 내 곁에 남아 있는 것들에 감사하며 진심을 담아,
그것들에 최선을 다할 겁니다.

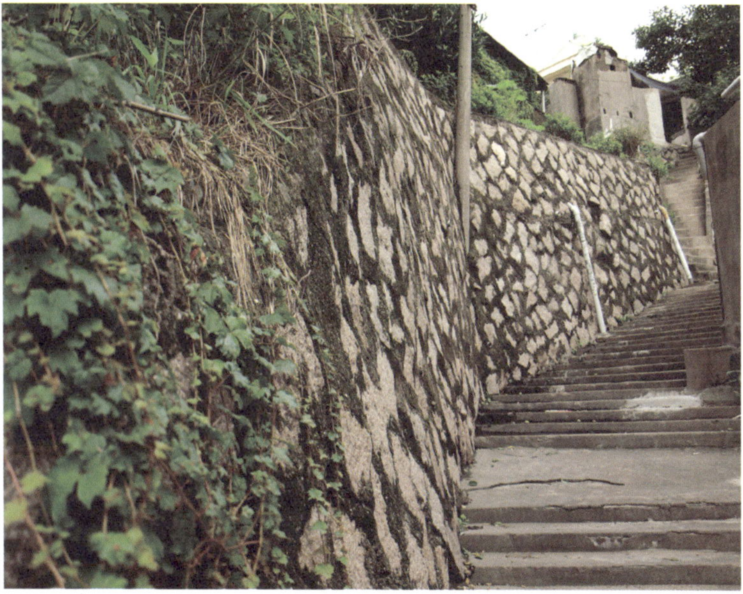

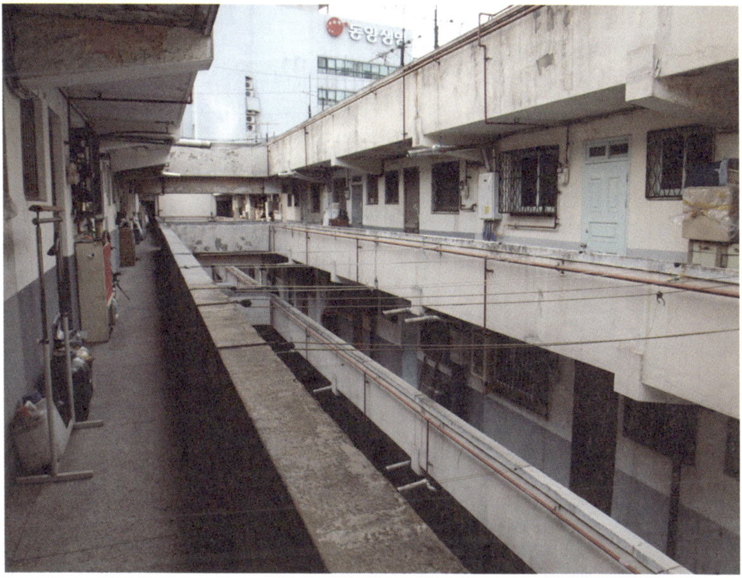

둘.

당신에게 시간은 참으로 소중한 존재입니다.
그런데 당신이 그 사실을 깨닫는 순간은 인생의 마지막 즈음일 수도 있습니다.
그래서 우리들은 우리의 삶을 정말 잘 살아야 합니다.

앞으로 열심히 나아가는 것도,
자신이 어떤 길을 걸어왔는지 뒤돌아보는 것도 중요합니다.

당신과 내게
주어진 시간은

바로
'이 순간'임을
기억하길…….

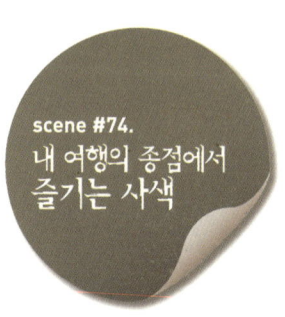

scene #74.
**내 여행의 종점에서
즐기는 사색**

하나.

가슴은 어느 순간부터 항상 비워져 있다.

그 어떤 것도 채우지 못하는 건 어째서일까?

둘.

머릿속은 온통 당신 생각으로 가득했다.

내가 끝내 알 수 없을 것 같은 사실.

알면서도 끝까지 모른 척할 진실.

어쩌면 보이지 않는 진실보다

눈으로 보이는 거짓을 좇으려 할지도 모르겠다.

셋.

당신은 마음이 너무나 따뜻한 사람입니다.
당신의 마음은 여려서 쉽게 상처받습니다.
당신의 마음엔 아직도 그리움이 흘러넘칩니다.

당신은 그런 당신의 마음을 너무나 잘 알고 있기에,
당신에게 상처 줄 만한 일들에 매우 날카롭습니다.

당신은 어린 시절의 나를 상상하며
지금보다는 조금 더 순수했던 마음의 당신을 그리워하기도 합니다.

당신은 당신의 순수함을 잃어버린 것이 아닙니다.
당신의 마음 보이지 않는 곳에 잠시 묻어두고 있을 뿐입니다.

순수함은 사라지는 것이 아니라 그 나이에 맞게 바뀌어 가는 것이니까요.
이제 그 순수함을 다시 꺼낼 때가 되었습니다.

넷.

우리가 살아가는 모든 일은 사람과 사람의 인연으로 기억된다.
그 인연으로 세상은 충분히 살 만하다.

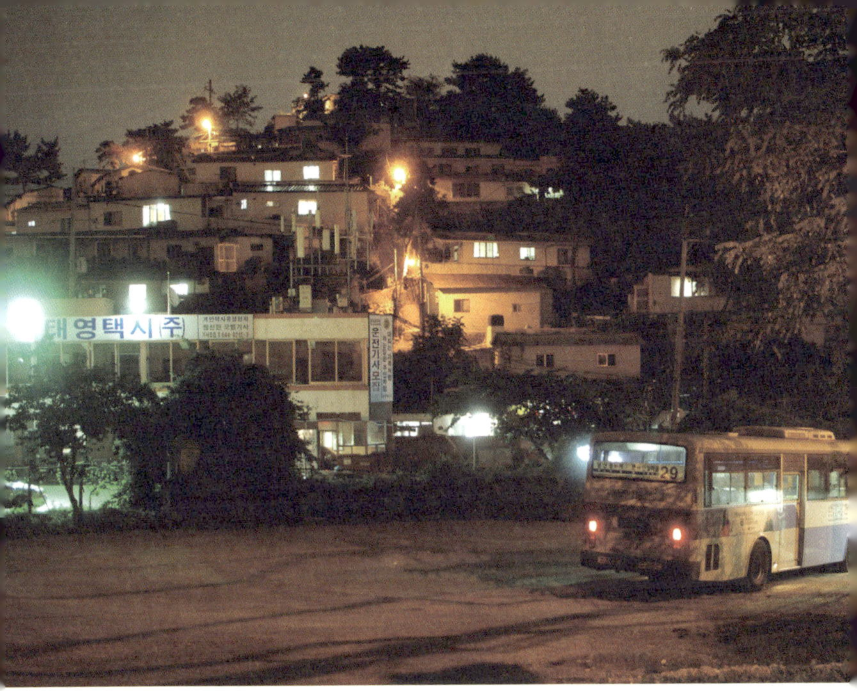
태영택시(주)
운전기사모집
29

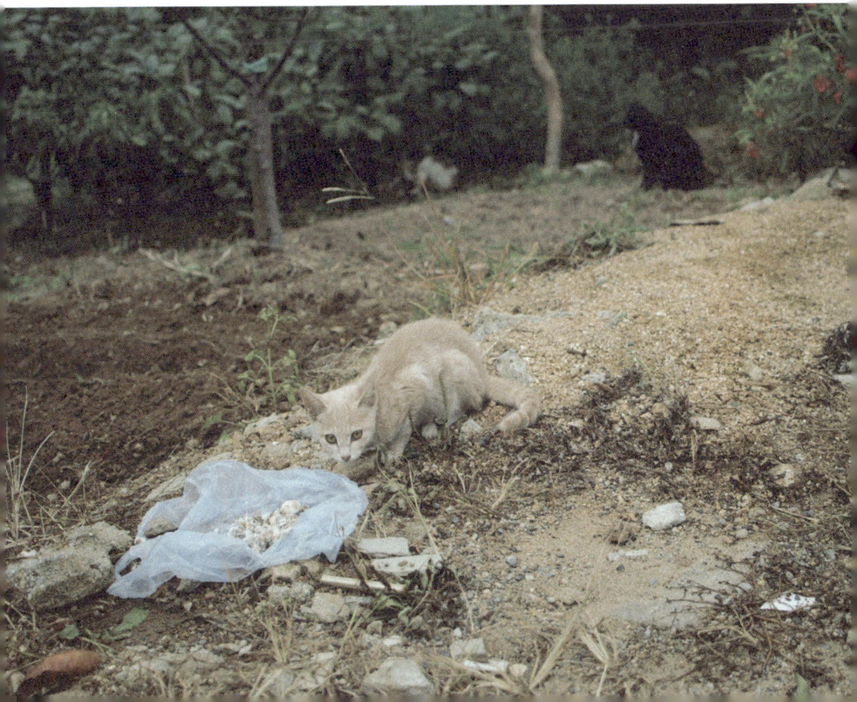

scene #75.
그곳에 마을
하나 있었다

'매축지'라고 불리는 마을에서 할아버지 한 분을 만났다.

늘 조용하던 매축지는 그날따라 방역하시는 분과 소독차를 따라다니는 아이들로

시끌벅적했다. 아이들의 "우와!" 하는 감탄사만으로도 마을은 무척 활기차 보였다.

소독차의 소독 연기 냄새는 언제 맡아도 살짝 달짝지근하다.

그 냄새가 좋은 건 어른이 된 나도 어쩔 수가 없었다.

무더운 날씨 탓이었는지 할아버지 한 분이 바닥에 신문지를 깔고 앉아

부채질을 하고 계신다. 나는 가방 안의 열기로 인해 다 식어 버린 음료를

죄송스럽게 건네며 인사를 했다

"할아버지, 안녕하세요? 더워서 밖에 나와 계신 거예요?" 하고 말을 건네자

할아버지는 대답 대신 세월에 못 이겨 이가 다 빠져 버린 잇몸을 환하게 보이며

웃음으로 대답하셨다.

"더운데 그리 땀을 삘삘 흘리며 여기서 뭐하고 있노?"

8월 불볕더위가 절정이던 날씨에 큰 백팩을 메고 까만색 티셔츠를 입고 있었으니,

답답하고 더워 보였을 것이다. 난 그저 멋쩍은 웃음만 지을 수밖에 없었다.

"시원한 냉수 한 잔 묵을끼가?"

"네."

"기다려 보그래이~."

할아버지는 조금은 불편한 걸음걸이로 집 안으로 들어가셨다.

잠시 후, 밥그릇에 가득 물 한 그릇을 떠다가 내게 받으라며 팔을 저으신다.

벌컥벌컥 밥 그릇에 가득 차 있는 물을 한숨에 들이켰다.

그리고 조금은 흥분된 마음을 진정시킨 뒤 할아버지에게

이런저런 것들에 대해 여쭈었다.

할아버지는 60년대에 이곳 매축지로 가족들과 오셔서 50년이 넘는 세월 동안
이곳과 함께 살아온 분이었다. 매축지 골목을 놀이터로 삼던 아이들은
어느덧 성장하여 시집, 장가 다 가고 할머니와 함께 이곳에 머물러 있다고 하셨다.
가진 게 없어서 자식들 대학교도 못 보내고, 자식들이 많이 배우지 못해서
다들 힘들게 살아가고 있는 것이 당신의 잘못인 듯, 할아버지는 미안해했다.
자식을 향한 미안함이 내 마음에까지 전해져 왔다.
할아버지는 안 해본 일이 없을 만큼 땀 흘리며 열심히 살아왔고,
배우지 못해서 할 수 있는 것이 막노동뿐이었지만 가족들을 위해
모든 것을 꾹 참아왔다.
할머니는 어디 가셨는지 여쭙자, 시장에 콩국수 장사 하러 나갔다고 하신다.
할아버지는 얼마 전 무릎에 이상이 생겨 함께 장사를 나가지 못하는 걸
미안해하고 계셨다. 그래서 할머니가 안 계시는 동안 집안 청소 등을
도맡아 하고 있다고 하셨다.
이곳에 집을 짓고 뿌리를 내린 사람들에게 재개발을 한다며 그 뿌리를
뽑으려 하고 있다. 이곳뿐만 아니라 달동네라고 일컬어지는 곳마다 재개발의
거센 광풍에서 자유로운 곳은 한군데도 없었다. 5평 미만의 집은 보상금조차
제대로 받을 수 없는 실정이고, 보상금을 받는다 해도 그 돈은 다른 집으로
흘러가기엔 턱없이 모자라다.
우리는 누구의 이야기에 귀를 기울여야 하는 것일까?
어쩌면 당신과 나는 삶을 살아내는 것만으로도 벅차서 다른 것에
신경 쓸 겨를이 없다며 외면할지도 모르겠다.
사람이 가장 편안하게 자신의 몸을 뉘며,
자유롭고 편안한 안식을 얻을 수 있는 도피처는 집일 것이다.

세상은 왜 그런 공간조차
허락하지 않는 것일까?

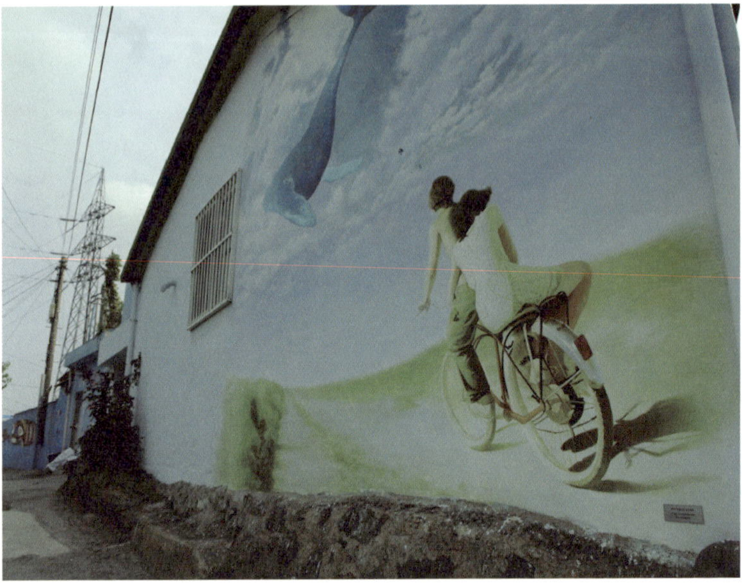

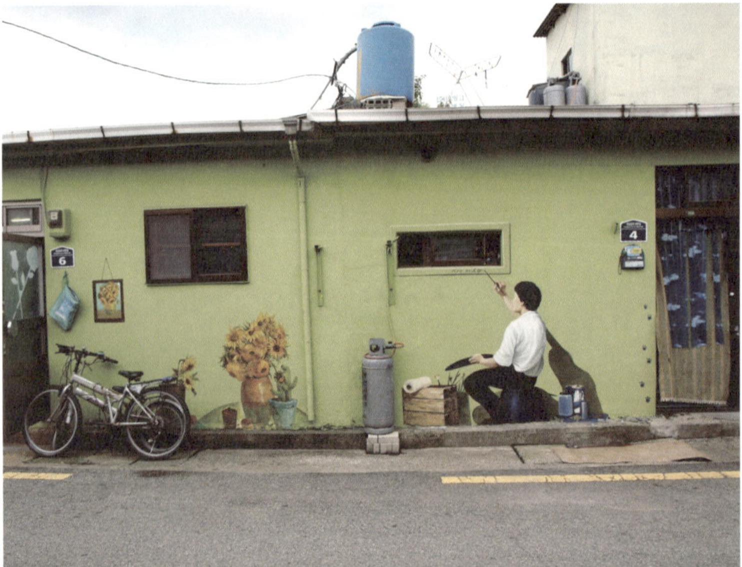
6
4

우리 각자의
마음 깊숙한 곳을 들여다볼까요?

골목에 깃들어 사는 우리 이웃들의
따뜻한 정과 배려에 감동을 받았던 적이 많았지만
정작 나는 그분들에게 어떤 위로와 위안의 말씀도 해드리지 못했어요.

그 모든 분들이 내겐 '이웃사촌'이었지요.
친손자를 챙겨 주시는 것마냥 한없이 너그러우셨고,
보이는 대로 볼 수밖에 없는 사람의 눈으로는
들여다보지 못할 정도의 깊이를 지니고 계셨지요.

짧지만 달콤했던 순간들, 함께했던 그 시간들로 인해
그들이 지나온 세월을 얼마나 온몸으로 견디며
서로가 서로를 의지하며 살아왔는지 알 수 있었어요.

마음 깊숙한 곳에는
무관심이 없을지도 몰라요.

미소를 저절로 머금게 하는 정겨운 풍경에는 언제나 사람과 사람이 있다.

그 풍경은
이 세상의 어떤 풍경과도 견줄 수 없을 만큼 아름답다.

매주 일요일 새벽 5시 30분이 되면,
외할아버지는 어김없이 나를 깨워 목욕탕에 가자고 한다.
아침잠이 많은 어린이에게는 매주 일요일 새벽마다 일어나는 것은 힘든 일이었다.
그래도 목욕탕에 가자는 소리는 너무나 반가운 일이기도 했다.
내게 목욕탕은 몸을 깨끗이 씻는 장소가 아니라
물놀이를 마음껏 할 수 있는 장소였기 때문이다.
정말 신기했던 것은 항상 할아버지와 목욕탕에 들어가는 시간은 아침 6시인데,
집에 갈 때는 아침 7시였다는 것이다. 일부러 시간을 잰 것도 아닌데,
목욕 시간은 늘 한 시간이었다.
목욕이 끝나면 할아버지의 단골이발소를 따라가는 게 다음 순서였다.
할아버지는 작은 구멍가게에서 나의 지루함을 달랠 수 있는
바나나우유를 사서 손에 쥐어주곤 하셨다.
할아버지는 가족행사 때나 특별한 날에는 머리카락도 같이 자르셨지만,
보통 목욕을 하는 매주 일요일에는 이발소에서 면도만 하셨다.
할아버지가 뜨거운 김이 모락모락 나는 수건을 얼굴에 덮은 후,
십 분가량 누워 있으면 수건에서 모락모락
피어오르던 열기가 식는다.

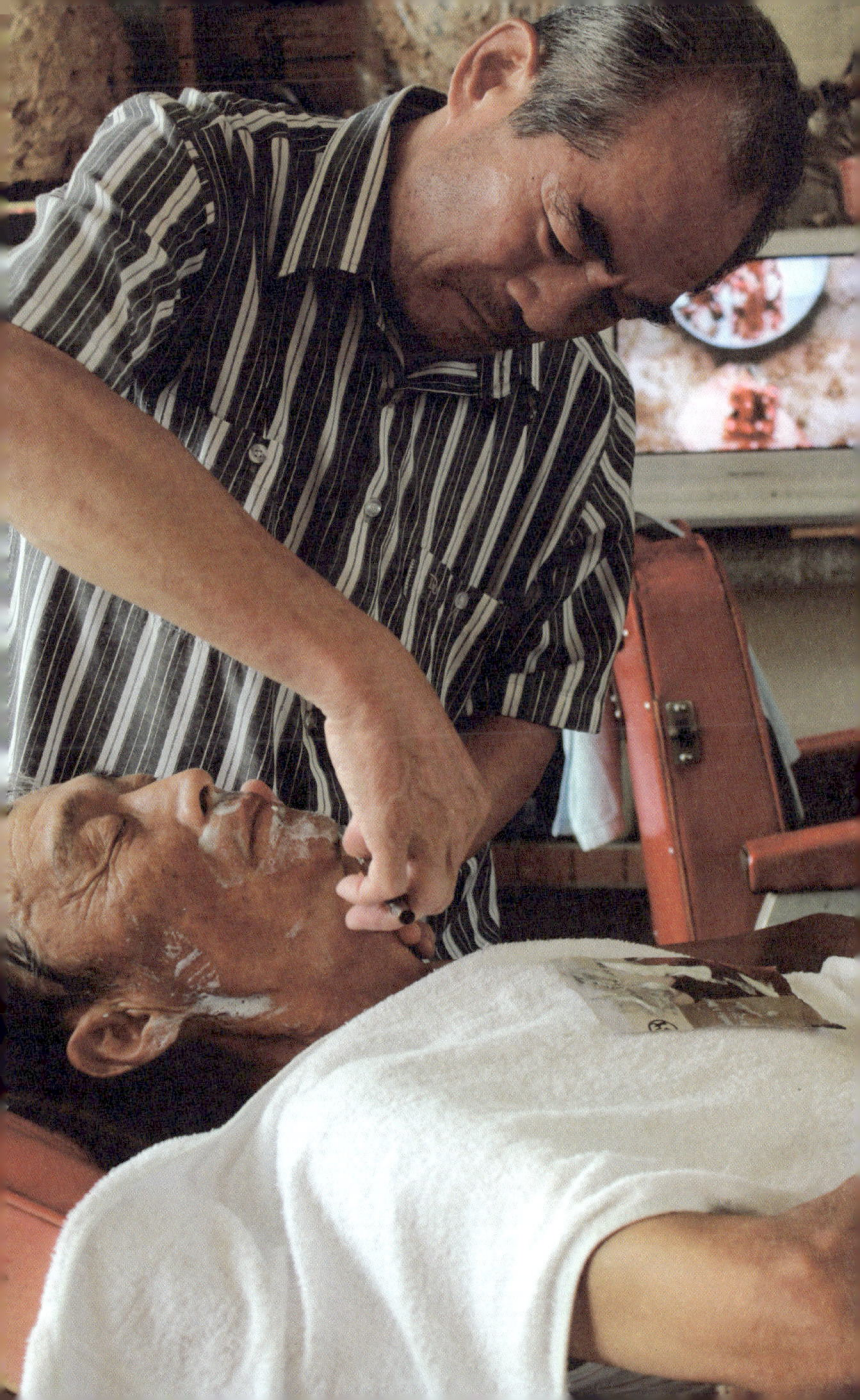

그러면 이발소아저씨가 수건을 걸고 작은 플라스틱 통에 거품을 가득 내어
할아버지의 볼부터 턱까지 곱게 펴서 바른다.
이어서 날카로운 면도칼이 서걱서걱 소리를 내며 할아버지의 얼굴에 돋아난
수염들을 깎아 내린다. 어린 나에게 그 소리는 남자가 어른의 삶을 살아가고 있는
표시처럼 보였다. 나도 이발소에서 저런 소리를 내며 면도를 할 수 있는
어른이 빨리 되고 싶기도 했다.
어른이 되고 난 후, 할아버지의 수염을 깎아내던 그 소리가 새롭게 다가왔다.
아무 걱정 없이 면도를 하는 20여 분 동안 타인에게 온전히 의지할 수 있는 시간,
모든 걱정을 잠시 내려놓을 수 있는 휴식 같은 시간이었다는 것을
나는 깨닫게 되었다.
이발소는 모든 걱정을 떠안고 쉴 틈 없이 살아가는 모든 가장들에게
작은 도피처였다는 사실을, 내가 면도를 해야 하는 어른이 되고 나서야 알게 되었다.
이발소는 동네 친구를 우연히 만나는 만남의 장소이기도 했다.
가족들에게는 털어놓지 못할 가장으로서의 넋두리를 무심결에 해대는
그런 장소이기도 했다.
나도 어렸을 때 이발소에서 머리를 잘랐다.
이발소아저씨는 키가 작은 나를 작은 나무판자를 덧대어
그 위에 올라앉게 한 다음 머리를 잘랐다.
요즘 의자는 너무나 좋아서 손쉬운 작동으로 마음껏 의자를
올렸다 내렸다 할 수 있다.
너무나 편하고 좋아졌는데도 불구하고,
나는 그 나무판자 위에 올라앉을 수 있었던 때가 더 좋았다.
왜 그런 것인지……

신발을 벗고 그 나무판자 위에 앉고 싶어도, 지금은 앉지 못할 만큼 커버렸다.
가끔 돌아갈 수 없는 그날의 풍경들이 너무나 그립다.

할아버지가 면도를 하는 동안 작은 손이 들기엔 조금 버거운
바나나우유를 양손에 꼭 쥐고, 할아버지의 수염이 내는 소리를
귀로 생생하게 듣던 그 시절이.

오랜만에 찾은 이발소의 풍경은
역시나 내가 기억하고 있던 모습과 똑같았다.

이발사아저씨와 머리카락을 자르러 온 손님, 그 안에서 오고가는 대화는 너무나
사적이고 정겨운 대화였다. 이발이 끝나고 난 후 빨랫비누로 머리를 감겨 주고
면도까지 해주는 그 모습이 무엇보다 생동감이 넘쳤다.

다 큰 어른으로 살아가는 남자에게,
가족들에게 강한 모습만을 보여야 하는 남자에게 아무런 걱정 없이 타인에게
자신을 모두 맡기는 순간은 아마도 이발소에서의 짧은 순간이 아닐까 싶었다.
그들은 그렇게 자신들만의 이야기를 나누고 공감하며,
30분 남짓한 시간에 서로를 깊이 이해하고 있었다.

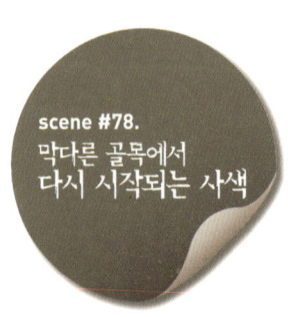

scene #78.
막다른 골목에서
다시 시작되는 사색

하나.

만지면 울컥 올라올 것만 같은
당신과 나의 상처를 건드리지 않으려 했다.
불 꺼진 방안의 침대에 누워 생각하고 또 생각해 본다.
맥주 한 캔 마시며 깊은 생각들을 정리하고 싶지만
왠지 맥주를 마시면 견디고 있던 상처들이 나를 집어삼키며
한순간에 무너져내릴 것만 같다.

둘.

너의 차가웠던 목소리,
당신에게 받은 상처를 나는 무의식 속에서
타인에게 되돌려준 적도 있었다.

셋.

길을 걷다가 문득 내 귀에 흘러 들어오는 노래가 당신의
추억을 담고 있던 노래였기에, 나는 그 자리에 멈춰
노래가 끝날 때까지 움직일 수 없었다.

넷.

떠나기 전 짐을 꾸릴 때가 참 좋다.
이 설렘이 좋아서 항상 떠나고 싶은 것 같기도 해!
「나의 여행은 …… 했다.」

지금부터 완성된 문장을 만드는 건 당신의 몫이다.

다섯.

여행에서는 길을 잃는 것조차 나를 위해 쓰는 시간이다.

한 가지를 몇 년이나 하고 있는 내 자신이 매우 놀랍기도 하다.

항상 새로운 것에 쏠리고 금방금방 관심사가 달라지는 내가

그 장소의 이야기, 5년간의 기록으로 혼자만 알고 있기엔 아까운 이야기를

당신에게 전해 줄 수 있다는 사실에 새삼 감사한 마음이 들었다.

그 공간에 머물러 있는 동안에는 너무나 좋았다.

왜 좋은지 이유를 깊게 생각해 본 적은 없었다.

나의 '처음'을 생각하며 하나하나 기억을 꺼내 보니 그저 좋았다.

처음…… 그래!

'처음'이라는 단어가 오늘은 무척 가슴을 두근거리게 한다.

여섯.

길의 흔적을 좇아가다 보면

눈물 날 듯 애틋한 사연 하나 보게 되겠지요.

scene #79.
생각이 나서

그냥 생각이 나서
우리가 서로에게 가벼운 안부를 건넬 수 있을 만큼 편한 사이는 아니지만
그래도 생각이 나서 전화를 했어.

그냥 생각이 나서
예전에 네가 했던 말이 떠올라서 문득 네 생각이 났어.
나는 왜 네가 원한 대답을 알면서도 말해 주지 않았는지 후회가 돼.

그냥 생각이 나서
한동안 발길이 닿지 않았던,
추억이 깃들어 있는 장소에 발길이 닿았어.
역시나 괜히 온 것 같은 생각이 들어.

그냥 생각이 나서
길을 걷다 너와 닮은 사람을 보고 흠칫, 그 자리에 못이 박힌 듯 서 있었어.

문득 생각이 났어.
후회보다는 미련이 많이 남아 있다는 걸.
그래서 비슷한 상황들에 생각이 나는 것 또한 어쩔 수 없다는 걸.
사랑하다 헤어지면 다들 그런 거니까.

너와 내가 떨어져 있는 간격은
손가락 한 뼘밖에 되지 않는 것 같은데,

우리가 지금 느끼고 있는 공기의 차이는
우주와 지구만큼이나 먼 것 같다.

돌아갈 수 없는 날들의 풍경

나는 골목에서 구슬치기를 하고,
이십 원짜리 흑백사진 만화경을 보며 세계여행을 했다.
전봇대를 등지고서 친구들과 말뚝박기를 하면 맨 앞에 엎드리곤 했다.
머리를 찧어도 아프기보다는 즐거웠다.
그때처럼 아파도 즐거울 때가 또 있을지……

차가 들어서지 않는 골목 가장자리에 박스를 펼쳐 놓고 친구들과 둘러앉아
숙제를 베끼기도 했으며, 달력으로 아무도 넘기지 못하는 무적의 딱지를 만들어
친구들의 딱지를 몽땅 싹쓸이하기도 했다.
고민이 있었다면 내일은 무얼 하며 놀까, 이게 다였다.
슬픔이 있었다면 우리에게 성지와도 같았던 동네 문방구의 장난감을 돈이 없어서
사지 못했다는 것뿐이다. 그래도 문방구 입구 앞에서 그저 장난감을
바라보는 것만으로도 행복했다.
행복했던 시절이었다.

불과 20년 남짓한 사이,
골목은 많이 사라져 버렸다.
사라진 골목들을, 남아 있는 골목들을 1825일 동안 나는 걸었다.
소소했던 나의 여행에 함께했던 골목들마저 또 사라져 버릴지도 모른다.

좋은 것만 추구하고,
편한 것만을 추구하는 나와 당신의 책임일지도 모른다.

그리고 끝나지 않은 이야기

그래!
모든 것을 다 갖지 못해도 행복했던 시절이
당신에겐 분명히 있었다.
어느 순간 당신이 어른이라 불리는 나이가 되었을 때
지난날의 기억들은 그저 현실이란 서랍장 안에 넣어두고 있었을 뿐.
당신에게 '너'라는 대상은 '어떤 사람'과 '어떤 장소'일까?
사람이 그리우면 마음껏 생각하며 그리워하고,
여행이 필요하다면 하늘을 한번 쳐다보며 카메라의 셔터를 아끼지 않길 부탁한다.
먼 훗날 당신이 남긴 모든 기록들은

10년 후,
우연히 당신과 다시 조우하게 되는 순간
눈물이 날 만큼 애틋한 '너'의 흔적이자 역사가 되어 있을 것이기 때문이다.

음악,
여행의 동반자

당신과 여행을 위한 노래

scene #1

론리하츠클럽
고독한 마음에게

scene #2

Fiona Apple
**Across
the Universe**

scene #3

Toy (Feat.윤하)
**오늘 서울 하늘은
하루 종일 맑음**

scene #4

Brandi Carlile
The Story

scene #5

이문세 (Original Sound
Track "연애시대")
**그때 내가 미처
하지 못했던 말**

scene #6

The Verve
**Bitter Sweet
Symphony**

scene #7

루시드폴
**바람,
어디에서 부는지**

scene #8

Faber Drive
Tongue Tied

scene #9

옥상달빛
하드코어 인생아

scene #10

Leona Lewis
(원곡: Avril Lavigne)
I WILL Be

scene #41

빈티지블루
사랑은 사랑이

scene #42

Two Door
Cinema Club
Wake Up

scene #43

에코브릿지 (With 호중)
난 걷는다

scene #44

3rd Storee
Dry Your Eyes

scene #45

바닐라유니티
별

scene #46

A1
**If I Can't
have You**

scene #47

어쿠스틱퍼퓸
With You

scene #48

Creed
My Sacrifice

scene #49

The Breeze
뭐라 할깨!

scene #50

Feeder
**Piece
By Piece**

scene #51

김사랑
위로

scene #52

O-Town
All or Nothing

scene #53

SEOTAIJI
COMA

scene #54

Jon Bon Jovi
Janie,
Don't Take Your
Love To Town

scene #55

한희정
잃어버린 날들

scene #56

팝레코드하우스
지하철역

scene #57

MUSE
Neutron star
collision (Original
Sound Track "트와일라잇")

scene #58

SEOTAIJI
너와 함께한 시간
속에서 (The Mobius
2009 SEOTAIJI BAND
LIVE TOUR)

scene #59

Linkin Park
Waiting
For The End

scene #60

Simple Plan
No Love

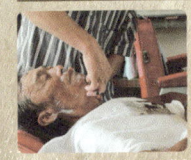